당신을 만나기 전
나는 반쪽에 불과했다

당신을 만나기 전 나는 반쪽에 불과했다

1판 1쇄 인쇄 2009년 10월 22일 | **1판 1쇄 발행** 2009년 10월 28일

지은이 김이율 | **펴낸이** 임채성 · 변선욱 | **펴낸곳** 왕의서재 | **디자인** 공 존
등록 제313-2008-120호(2008년 7월 25일)
주소 서울시 마포구 동교동 156-2 마젤란21 오피스텔 1706호
전화 02-3142-8004 · 070-8758-8004 | **팩스** 02-3142-8011
카페 http://cafe.naver.com/kinglibrary | **이메일** kinglibrary@naver.com
ISBN 978-89-93949-21-6 (03810) | **값** 11,000원

이 책은 왕의서재가 저작권자와의 계약에 의해서 발행한 것으로
본사의 허락 없이는 어떠한 형태나 수단으로도 이 책의 내용을 이용할 수 없습니다.

잘못된 책은 구입하신 서점에서 바꿔드립니다.

당신을 만나기 전
나는 반쪽에 불과했다

김이율 감성에세이

모든 것은 다 흘러가고 모든 것은 다 다시 온다
사랑도 그리움도 그리고 인생도…….

누군가가 우리네 인생은 모래시계와 같다고 말했습니다. 모래시계의 맨 윗부분에는 수많은 모래 알갱이들로 가득합니다. 이 모래 알갱이들은 한꺼번에 밑으로 쏟아지는 게 아니라 한 알 한 알씩 중앙의 좁은 홈을 통과합니다. 많은 모래가 한 번에 쏟아진다면 중앙의 홈은 막히게 됩니다. 그러면 결국 모래시계는 망가지게 되겠죠. 인생을 서두르거나 흐름을 앞당기려고 무리를 해서는 안됩니다. 순리대로, 흐름대로, 조금씩, 천천히 흘러가야 합니다.

인생만 그러겠습니까? 사랑도 마찬가지입니다. 급한 마음에 성급히 달려들었다가는 되레 더 멀어지게 됩니다. 그리움으로 가득 찬 마음으로 한 걸음 한 걸음 다가가야 그 사랑을 진실로 받아들일 수 있습니다. 그리움이 간절함이 되고 그 간절함이 하늘에 닿을 때 비로소 사랑의 꽃망울이 피기 시작하고 깊고 무거운 사랑을 기대할 수 있는 것입니다.

그러나 안타깝게도 모든 사랑이 다 완성이 되는 건 아닙니다. 사랑이라는 이름으로 다가갔지만 결국 상처와 슬픔으로 되돌아올 때가 있습니다. 이 세상에는 아픈 사랑도 존재하는 것입니다. 만약 그런 아픈 사랑을 겪고 있다면 굳이 잊으려고 애쓰지 말고, 굳이 눈물을 참으려고 자신의 감정을 억제하지도 마세요. 슬프면 하염없이 눈물을 흘려보내고, 화가나면 큰소리로 절규하십시오. 또한 여전히 그리우면 맘껏, 후회 없이 그리워하십시오.

그렇게 지내다보면 언젠가는 말끔히 당신의 상처와 아픔이 치유가 됩니다. 시간이라는 치료제가 모든 것을 다 잊게 할 것입니다. 모든 것은 다 흘러가고 모든 것은 잊혀집니다. 그러나 분명 모든 것은 다 다시 옵니다. 사랑도 그리움도 그리고 우리네 인생도……

다시, 사랑은 온다

새로운 하루는 새로운 공기가 필요한 법
그대여, 이제 창문을 열어라

열매 없는 나뭇가지도 있고
날개가 없는 새도 있으니
주저 말고 마음을 열어라

어제 그리워한 만큼 오늘을 사랑하고
어제 흘린 눈물만큼 오늘을 웃으면 그만이다

굳이 나뭇가지는 새를 기다리지 않는다
굳이 새는 나뭇가지에 내려앉지 않는다
기다리다 보면 언젠가는 만날 것을
그리워하다 보면 언젠가는 행복할 것을

그대여, 이제 슬퍼 말아라
지구는 둥글다는 것
이렇게 걷다 보면
언젠가는 다시, 사랑한다는 것을
그대여, 오늘의 사랑을 맞이하라

슬픔과 상처는 절망과 함께 오는 게 아니라 희망과 함께 옵니다. 그 희망이
있기에 우리를 다시 또 살게 하고 삶을 찬란하게 빛나게 하고 호흡하며 새
로운 내일을 준비하는 것입니다.
이 책은 간절한 그리움을 간직한 이들과 사랑으로 인해 슬픔을 경험한 이
들, 그리고 세상에 맞서 당당히 살고자 하는 이들을 위한 위로의 글이자 희
망의 노래입니다. 책 중간 중간에 무릎을 치게 하는 깨달음이나 소소하지

만 아름답고 감동적인 이야기를 만나게 되면 그냥 지나치지 말고 마음 한켠에 꼭 책갈피를 꽂아놓길 바랍니다. 그래서 힘들고 외롭고 그 누군가가 그리울 때, 그 한 구절을 음미하며 희망의 기운을 느꼈으면 합니다. 그것만으로도 충분하고 행복합니다.

2009년 사랑하기 좋은 날에

김이율

사랑…
혼자는 외롭고 둘은 그립다

당신은 지금 누구와 함께 걷고 있습니까?
이 세상에는 자신의 발걸음 속도와 같은 사람은 단 한 사람뿐입니다.
당신이 지금,
그 단 한 사람과 눈길을 걷고 있다면 나는 또 내 길을 비켜 드립니다.

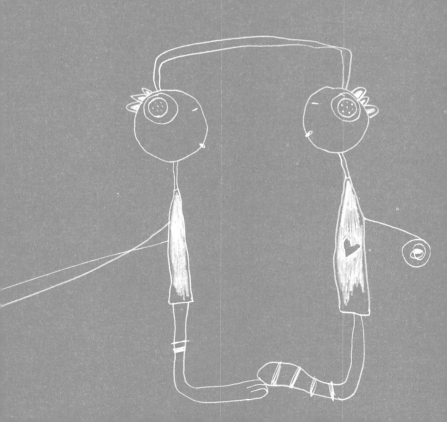

평생 못 잊을 사랑 해보기

누군가를 사랑한다면, 사랑한다고 즉시 큰 소리로 말하세요.
그렇지 않으면, 그 순간은 그냥 당신을 지나쳐 버릴 거예요.
- 영화 〈내 남자친구의 결혼식〉

인적이 닿지 않는 섬.
그 섬에는 각종 동물들이 살고 있었습니다.
어느 날,
고래 총각은 멸치 처녀를 보고 첫눈에 반했습니다.
"어쩌면 저렇게 아담할 수가 있을까!
참으로 앙증맞고 사랑스럽게 생겼다."
늦은 밤, 고래 총각은 잠을 청해보려고 했지만
자꾸만 눈앞에 멸치 처녀가 아른거렸습니다.
"내가 왜 이러지?"
고래 총각은 머리를 내둘렀지만
멸치 처녀의 모습은 쉽게 사라지지 않았습니다.
지독한 사랑에 빠진 것입니다.

그 후로 고래 총각은 자꾸만 멸치 처녀의 주위를 맴돌았습니다.
멸치 처녀는 처음에는 고래 총각의 접근이 못마땅했지만
보면 볼수록 괜찮다는 생각이 들었습니다.
"그래, 나는 저렇게 몸집이 큰 동물이 좋아.
그래야 나를 지켜줄 수 있잖아."
결국, 고래 총각과 멸치 처녀는 하나의 마음이 되었습니다.
둘은 서로를 의지하며 사랑을 꽃피웠습니다.
하루 종일 둘은 물가에서 놀며 시간을 보냈습니다.
"지금 집에 가야 할 시간이야."
"좀 더 있으면 안돼?"
"나도 그러고 싶지만 부모님께서 걱정하시잖아."
"그래, 그렇지. 그럼 우리 내일 또 만나자."
"그래, 안녕."
둘은 금방 헤어졌는데도 또 보고 싶은 마음이 생겼습니다.
그래서 고래 총각은 가던 길을 되돌아와 멸치 처녀를 안아주었습니다.
서로 사랑을 하면 한 순간도 안녕, 하고 헤어지기가 싫은 모양입니다.
그들에게 안녕이라는 단어는 없었습니다.
잠자는 시간을 빼고는, 항상 둘은 자석처럼 붙어 지냈습니다.
둘은 결혼하기로 마음먹었습니다.
"우리 평생 함께 해요."
"좋아요."
그런데 세상을 살다보면
뜻하지 않는 일이 앞길을 가로막을 때가 있습니다.

그들의 사랑에 위기가 찾아온 것입니다.

고래 집안에서 둘의 결혼을 극구 반대했습니다.

"야, 이놈아! 네가 뭐가 모자라서 그 하찮은 멸치랑 결혼을 한다는 거냐?
절대 그 결혼을 허락할 수 없다."

"전 멸치를 사랑합니다. 그리고 멸치 처녀도 뼈대 있는 집안입니다.
아버님, 사랑보다 중요한 건 없습니다.
왜 제가 그녀를 사랑하면 안되는 거죠? 전 꼭 그녀와 결혼하겠습니다."

고래 총각의 의지는 강했습니다.

그러나 결혼은 혼자만 좋고다 할 수 있는 게 아니었습니다.

본디, 결혼이란 한 집안과 한 집안의 만남이기에
참으로 어렵고 복잡한 문제들이 많았습니다.

"우리 집안은 예로부터 왕족 집안이다. 앞으로 멸치 처녀를 만나지 말거라.
앞으로 멸치 처녀 얘기를 계속 한다면
그 집안을 쑥대밭으로 만들어 버릴 것이다."

상황이 이 지경에 이르자,

고래 총각은 결혼을 포기하기로 마음을 정했습니다.

아버지는 한 번 한다면 하는 성격인지라
멸치 처녀의 집안을 망하게 할 게 분명했습니다.

멸치 처녀의 집안에 아무런 피해가 가지 않기 위해선
어쩔 수 없이 자신이 결혼을 포기하는 수밖에 없었던 것입니다.

결국, 고래 총각은 집안에서 정해준 상어 처녀와 결혼을 하게 됐습니다.

사랑만으로 사랑할 수 없는 현실이
고래 총각에게는 너무 크나 큰 상처로 남았습니다.

물론 멸치 처녀도
고래 총각에 대한 그리움과 원망으로 하루하루를 보냈습니다.

아주 많은 세월이 흘렀습니다.
고래 총각의 이마에는 주름살이 빗금처럼 제법 많이 생겼습니다.
기력이 많이 쇠약해져서 언제 죽을지도 모를 정도였습니다.
고래 총각은 상어 처녀와 오랜 시간 동안을 함께 살면서
차마 말 못할 비밀 하나를 가슴에 담고 살아왔습니다.
그 비밀은 다름 아닌,
고래 총각의 뱃속에 멸치 처녀가 여태 살고 있었다는 것이었습니다.
너무너무 사랑한 나머지, 차마 헤어질 수 없었던 것입니다.

그렇습니다. 사랑에 그 무엇이 필요하겠습니까?
사랑은 사랑일 때가 가장 아름답고 사랑만으로도 충분합니다.
사랑의 생명력이란 참으로 질기고 견고한 것입니다.
살아가면서 늘 잊고 버리고 살아가지만
첫사랑만큼은 누구의 가슴에든 여전히 살아있습니다.
순수하고 거짓 없고 진실한 사랑이 바로 첫사랑인 이유이겠지요.
첫사랑은 흰 도화지에 그린 밑그림과도 같은 것입니다.
잘못 그려 수정하기 위해 아무리 지우개로 지우고 또 지우려 해도
그 자국은 쉽사리 지워지지 않습니다.
새까만 색으로 그 흔적을 덮는다 할지라도…….
처음이라는 것!

세상을 알기 전에 사랑을 먼저 알고
이별을 알기 전에 진실을 알았던 그 시절
사람들이 가끔씩 배를 움켜잡고 아파하는 까닭은
바로 뱃속에서 아직도 살아 있는 첫사랑이 나를 잊지 말라고,
그 때의 순수를 잊어서는 아니 된다고,
있는 힘껏 배를 걷어차기 때문이라는 사실을…….
당신은 알고 있나요?

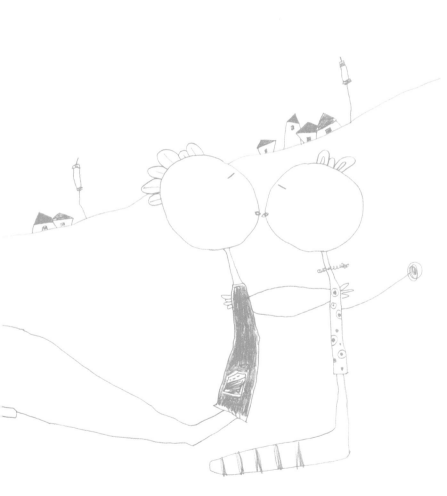

당신을 알고부터

나의 가슴 속에 집이 하나 있습니다.
온다는 약속도 없이 떠나간 사람을 위해
늘 문을 활짝 열어놓은 집이.
　　　　　　　　　　　－박성철

당신이라는 사랑,
당신을 알고부터 단 하루라도 그리움이 없는 날이 없었습니다.
언제부턴가 내 일상에 작은 변화가 일기 시작했습니다.
불을 끄지 않은 채 그냥 잠이 든 적이 부쩍 많아졌습니다.
내릴 전철역을 깜빡 지나쳐, 갔던 길을 되돌아온 적이 한두 번이 아닙니다.
계단을 오르다 말고 제자리에 앉아
멍하니 밟은 계단을 세어본 적도 있습니다.
꽃가게를 지나치게 되면 나도 모르게 자꾸만 자꾸만 뒤돌아보다가
전봇대에 부딪힌 적도 있습니다.
언제부턴가 내 일상에 알 수 없는 변화가 찾아온 것입니다.
한 겨울에도 내 가슴은 벽난로처럼 후끈거려 아이스크림만 찾게 되고

눈이라도 오는 날이면 하루 종일 전봇대에 기댄 채
사람들의 눈자국을 바라보게 됩니다.
왜 이러는 걸까요?
당신이라는 사랑, 당신을 알고부터 나는
이 세상에서 당신의 그림자가 가장 부러워지기 시작했답니다.

함박눈이 가난없이 내리는 거리를 홀로 걷다가
무심결에 뒤를 돌아보았습니다.
서로의 손을 꼭 부여잡은 한 쌍의 연인이 내 발자국을 덮으며 따라옵니다.
나는 걸음을 멈춰, 내 길을 그 연인에게 내주었지요.
다정히 걷는 모습을 두고두고 보고팠습니다.
네 개의 발자국이 눈 위를 한 치의 흔들림 없이 나란히 찍으며 걸어갑니다.
굳고 정직한 눈자국이 세상의 흔적으로 새겨진다는 것,
그것도 나 아닌 다른 이와 함께 지구의 표면에 발자국을 남긴다는 것,
아마도 그것만큼 아름답고 고귀한 일은 없을 겁니다.
당신은 지금 누구와 함께 걷고 있습니까?
이 세상에는 자신의 발걸음 속도와 같은 사람은 단 한 사람뿐입니다.
당신이 지금,
그 단 한 사람과 눈길을 걷고 있다면 나는 또 내 길을 비켜 드리렵니다.
아름다운 흔적, 아름다운 사랑.
부디,
아름다운 지구에서 남들은 모르게, 꼭 당신과 나만 아는
그런 둘만의 흔적을 고이고이 남기길 기원합니다.

사랑앓이

사랑! 누구나 받기를 꿈꾸고,
모두가 주고 싶어 하는 감정.
그러나 그 감정이 끝나는 순간,
아픔은 상상조차 할 수 없을 만큼 깊다.
그래서 사람들은 소망한다. 이별하지 않기를…….

– 영화 〈하루〉

어제는 하루 종일 비가 내렸습니다.
분명, 일기예보는 화창할 거라고 말했건만
예측은 보기 좋게 빗나가고 말았습니다.
느닷없이 마음의 창문을 두드리는 가을비였습니다.
이제야 마음을 잡았다 다짐했는데
어느새 훌쩍,
지나가 버린 필름이 다시 떠오릅니다.

저녁 달, 전봇대, 공중전화, 불꺼진 창문, 장미 한 송이, 꾸겨진 엽서,

희미해지는 별, 그리고 하염없는 가을비, 하염없는 눈물…….
아직도 버리지 못했던 수많은 기억들 때문에 또 하루가 망가졌습니다.
날씨에 따라 마음이 쉽사리 흔들리는 걸 보면
아직도 난 멀었다는 생각을 하게 됩니다.
아직도 홀로서기엔 무리인가 봅니다.
흔하디 흔한 가을비인데도 이렇게 창가에 서서
빗방울에 넋을 빼앗기고 맙니다.
저 빗방울이 흘러 혹여 당신에게 가는 건 아닐까
그런 생각을 하게 됩니다.

이 비가 그치면 이제 겨울이 온다고 사람들은 말들 합니다.
가을보다 다소 가볍지만 그 하얀 눈의 무게를 감당할 수 있을지
벌써부터 걱정이 됩니다.
분명, 눈이 내리면 옷깃을 세운 당신이 떠오를 텐데.
눈이 소복이 쌓이면
당신과 나란히 찍은 지구 한 모퉁이의 발자국을 어김없이 떠올릴 텐데.
걱정입니다.
오늘 하루가, 또 내일 하루가 걱정입니다.

너와 내 사랑은 '운명'이다

사랑이라는 이름으로 밖에는
설명할 수 없는 약속이 있다.
－영화 〈약속〉

굳이 묻지마라, 그대여!
여전히 사랑하느냐고, 끝끝내 사랑할 수 있을 거냐고,
그대여, 더 이상 묻지마라.
왜 자꾸만 그 대답을 원하는가?

며칠 전에 맥주를 마시다가 안주로 노가리를 먹은 적이 있었습니다.
그 노가리가 어찌나 맛있든지 욕심내어 한 입 가득 넣고 씹다가 그만
가시가 목구멍에 걸리고 말았습니다.
내리 맥주 세 잔을 들이키고, 연신 사과와 배를 넘겨도
가시는 그 자리에서 한 발자국도 움직이지 않았습니다.
목은 점점 따가워지기 시작했고,
결국 다음 날 병원까지 가야 하는 신세가 됐지요.

병원에서 가느다란 핀셋으로 가시를 쉽게 집어내긴 했지만
가시 때문에 밤새도록 얼마나 고생했는지 모릅니다.

이렇듯 그 작고 하찮은 가시 하나만으로도 내 하루가 송두리째 무너지는데
어찌 그대라는 거대한 운명을 알고 내 삶이 온전할 수 있겠습니까?
여전히 사랑하느냐고, 끝끝내 사랑할 수 있을 거냐고, 묻는 그대여!
굳이 내가 그 질문에 답을 해야 합니까? 그대는 이미 내 삶의 가시입니다.
넘기려 해도 도저히 넘길 수 없는…….

세상에서 가장 긴 편지

한 줄만 써서 보냅니다.
당
신
을
사
랑
합
니
다.

다른 말을 덧붙이면
행여
내 사랑이 흐려질까봐.

내가 살아가는 이유

You are the reason I am.
당신은 내가 존재하는 이유입니다.

－영화 〈뷰티풀 마인드〉

폴란드의 에릭이라는 왕이 나라를 다스릴 때 있었던 일입니다.
바사 공작은 반역죄로 감옥에 수감됐습니다.
감옥에 있는 동안 바사 공작은 괴로워했습니다.
감옥생활에서 느끼는 고통과 절망감은 어떻게든 참고 견딜 수 있었지만
자기 때문에 고생하고 있을 아내에게 한없이 미안했습니다.
또한 아내가 너무나 간절히도 그리웠습니다.
'부인, 보고 싶소. 잘 지내고 있소?'
감옥 밖으로 보이는 새를 볼 때마다 그는 한 마리가 새가 되고 싶었습니다.
'내가 새라면 당장 당신에게로 날아갈 수 있으련만⋯⋯.'
아내에 대한 그의 사랑이 깊듯 아내 또한 그에 대한 사랑이 깊었습니다.
'여보, 당신이 감옥에서 고생하시는데
어찌 제가 이곳에서 편안하게 지낼 수 있겠습니까?'

아내는 늘 남편만 생각하면 미안했습니다.

그러던 공작의 아내는 중대한 결정을 했습니다.

바로 남편과 함께 감옥에 있기로 한 것입니다.

바사 공작의 아내인 카타리나는 왕을 찾아갔습니다.

"폐하, 한 가지 청이 있습니다."

"그래, 어서 말해보시오."

"저는, 지금 감옥에 있는 바사 공작의 아내 되는 사람입니다."

"뭐요? 그런데 무슨 일로 나를 찾아온 거요?"

"저는 남편과 함께 있고 싶습니다. 저를 감옥에서 지내게 해주십시오."

왕은 눈살을 찌푸리며 말했습니다.

"부인, 지금 제정신이오?

지금 바사 공작은 종신형을 선고 받아 감옥에 갇혀 있소.

한 번 감옥에 갇히면 두 번 다시는 이 세상의 빛을 볼 수 없고,

그곳에서 평생을 살아야 하오.

그리고 바사 공작은 더 이상 공작이 아니오. 반역죄인일 뿐이오.

그러니 어서 돌아가시오."

그러나 바사 공작의 아내는 왕에게 간곡히 부탁했습니다.

"다 알고 있습니다. 그러나 남편이 반역죄이면

아내인 저도 같은 죄를 받아야 한다고 생각합니다.

그러니 저도 감옥에 넣어주십시오. 남편과 함께 있게 허락해주십시오.

남편이 죄인이건 아니건, 어쨌거나 그와 나는 사랑을 맹세한 부부입니다.

함께 있도록 하락해주십시오."

왕은 고개를 내저으며 말했습니다.

"그럴 순 없소. 당신은 분명 죄인이 아니오.
죄인이 아닌 사람을 어떻게 감옥에 넣을 수 있겠소. 그건 안 되는 일이오."
공작의 아내는 손가락에 끼고 있던 반지를 꺼내 왕 앞에 내놓았습니다.
"아직도 우리의 사랑을 증명하는 반지는 영원합니다.
우린 죽을 때까지 한 몸입니다."
그러자 왕은 하는 수없이 공작의 아내의 부탁을 들어줄 수밖에 없었습니다.
결국, 바사 공작은 아내는 남편 곁으로 갈 수 있었습니다.
비록 자유로운 몸이 아니었지만 또한 감옥생활이 힘들고 고달팠지만
그래도 행복했습니다.
남편과 함께 있다는 것만으로 모든 고통과 어려움을 참아낼 수 있었습니다. 남편도 마찬가지였습니다.
아내의 깊고 위대한 사랑에 하루하루 힘을 낼 수 있었습니다.
그리고 17년 후 에릭 왕이 죽자,
둘은 함께 석방돼 마침내 자유의 몸이 될 수 있었습니다.

함께 한다는 것, 단지 함께 한다는 것만으로도 모든 걸 버릴 수 있는 사랑.
당신은 그런 사랑을 갖고 있는지요?
덩그런 방에서 내 사랑을 떠올려봅니다.
언제나 함께 하고자 했지만
언제부턴가 우리 사이엔 보이지 않는 틈이 놓여 있었지요.
너무나 우린 게을렀습니다. 간절함이 없었습니다.
누구 하나 먼저 뜨겁게 원하지 않았습니다.
늘 먼저 와 주길 바랬고 자신의 사랑보다 더 많이 사랑 받길 원했으며

점점 멀어지는 사랑을 그저 바라만 보고 있었을 뿐…….
너나 나나 울부짖고 발버둥치려 하지 않았습니다.
사랑하기 위해서는 늘 함께 해야 함을 우리는 너무나 몰랐습니다.
마음과 마음으로 잇기에는 너무나 가벼운 사랑이었다는 걸 미처,
우리는 몰랐습니다.

이미 당신 안에 있습니다

매일 눈을 떴을 때
너를 볼 수 있길 바래.

−영화 〈첨밀밀〉

가까이 있기에, 너무 가까이 있기에
혹여 당신이 그 간절한 사랑을 볼 수 없다는 사실을 아시나요?
달님이 전봇대에 걸렸다고 해서 그림자가 사라지는 것은 아닙니다.
날이 저물수록
그림자는 더욱 진하고 애타게 당신 곁으로 다가오는 것입니다.
그러다 어느 순간이 오면,
그 존재조차 거침없이 포기한 채 당신에게 물들고 마는 것
그것이 그림자의 하얀 마음입니다.

볼 수 없다고, 만질 수 없다고, 느낄 수 없다고,
그저 투정만 하고 화를 내고 안타까워 할 일만은 아닙니다.
이미 당신 안에 있습니다.

당신을 사랑하는 내 마음은 이미 당신 안에 꿈틀거리고 있습니다.
가까이 있기에, 너무 가까이 있기에 당신은
당신 안에 포개져 있는 사랑을 볼 수 없을 뿐입니다
그저, 당신에게 보여지는 태양 아래 검은 그림자! 그것이 전부는 아닙니다.
당신이 볼 수 없는, 그 가까운 곳에서 밤을 하얗게 지새우는 반쪽 그림자,
그것이 나입니다.
가까이 있기에, 너무 가까이 있기에
당신이 볼 수 없는 그리움 하나 그것이 나입니다.
그러나 이미 나란 존재도 사라지고만 당신의 또 다른 당신이랍니다.

이런 말이 있습니다.
행복은 손만 뻗으며 가까운 곳에 있다고.
사랑도 마찬가지입니다.
왜 당신은 그걸 모르시나요.
멀리 있어서 그리운 게 아니라
가까이 있지만 함께 할 수 없어 그리운 것입니다.
늘 곁에 있지만 더 사랑할 수 없어서 외로운 것입니다.
먼저 말을 걸면 될 것을 자존심을 세우다보니 거리가 멀어지는 것입니다.
작고 하찮은 것에 더 충실하고 그것에 대한 소중함을 느끼며 사는 게
진짜 행복이고 진짜 사랑입니다.
당신의 눈앞에 내가 있습니다. 당신의 눈앞에 사랑이 있습니다.
당신에게 시로 내 마음을 전합니다.

사랑은 언제나 가까운 곳에 있다

여태 살면서 누군가를 사랑했느냐고
바람이 당신에게 묻는다면
새벽기차를 타고 주저없이 떠나라

차창 밖으로 스쳐 지나간 허수아비를 사랑했고,
저 만치서 따라오는 구름향기를 사랑했고,
손톱 끝을 갉아먹는 봉숭아 꽃물을 사랑했으며,
덜컹 거리는 고래 안에서
이름 모를 소녀의 눈망울을 사랑했었노라고 말하여라

그러고도
다시 바람이
진정으로 누군가를 사랑했었느냐고
따지듯 또 다시 묻는다면
그 때는 주저 없이 당신의 무릎을 바쳐라

가장 낮은 곳에서 사랑할 수 있음을
한 사람만을 바라보고 살 수 있음을
그리하여 다 퍼주고,
다 바쳐도 아깝지 않음을 하염없이 고백하여라

그러고도
또 바람 같은 그 사람이
당신에게 누군가를
진정으로 사랑했었느냐고 다시금 묻는다면

그때는 뒤돌아보지마라
이제는 먼 길을 떠나지마라
늘 그렇듯
사랑은 언제나 가까이 있는 법

당신에게 사랑을 묻는 그 사람이
두 번 다시는 만나지 못할,
이 생에서 단 한 번뿐인 인연일지도 모른다
어쩌면 꼭 만나야 할 사랑인지도 모를 일이다

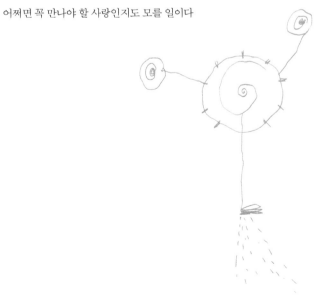

가장 완벽한 고백

아무것도 아닌 것이 될까봐, 조심하고 싶었어요.
아는 척 하는 순간, 아무 것도 아닌 게 될까봐.
그렇게 되고 싶진 않았거든요.

－영화 〈번지점프를 하다〉

고백은 늘 서툴기 마련입니다.
아무 말도 꺼내지 못하고 머뭇거리다 도망치듯 뒤돌아왔다고 해서
속상해 하거나 자기 자신에 대해 실망할 필요가 없습니다.
이 세상 그 누구도 사모하는 사람 앞에서
자신의 마음을 완전하게 표현하는 사람은 극히 드물 겁니다.
천하를 호령한 영웅 나폴레옹도
사랑하는 여인 조세핀 앞에서는 한낱 작은 바람에 불과했습니다.
멀리서 언제나 뒷모습만 흠모하다가 정작 그 사람 앞에만 서면
왠지 그 사람이 낯설게 느껴지는 것이,
왠지 그 사람이 산처럼 거대해 보이는 것이,
왠지 그 사람이 뚫을 수 없는 벽처럼 보이는 것이,

그리하여 자기 자신이 한없이 부끄럽고 초라하고 작아지는 것이
어쩌면 당연한 일인지 모릅니다.
어쩌면 그것이 더 아름답고 순수한 모습인지도 모릅니다.

고백은 그 자체로 이미 완벽함을 내포하고 있습니다.
서툴면 서툴수록, 부족하면 부족할수록 고백은 더욱 완벽해집니다.
아무 말도 건네지 못한 채 머리만 긁적이다
침만 꿀꺽꿀꺽 삼키고 끝내는 자신의 머리를 쥐어박으며 뒤돌아왔다면
그것만큼 완벽한 고백은 없을 겁니다.
그것만큼 자신의 마음을 제대로 표현한 건 또 없을 겁니다.
사랑한다고, 사랑해 미칠 것 같다고 굳이 전하지 않아도 괜찮습니다.
언제부턴가 당신만을 그리워하고 사랑하게 됐다고
애써 말하지 않아도 괜찮습니다.
고백은 말을 전하는 게 아니라
내 안의 간절한 마음을 사랑하는 사람의 마음 곁에
살포시 내려놓는 것이기 때문입니다.

고백을 위해 멋진 퍼포먼스를 준비하는 게 전부는 아닙니다.
성의와 노력도 중요하지만
그보다 더 중요한 것은 진실이 담긴 마음입니다.
작은 쪽지 편지면 어떻습니까?
그 안에 진실과 사랑이 담겨있다면 그걸로 충분합니다.
다이아몬드 반지가 아니면 어떻습니까?

그 안에 영혼이 담겨있다면 그걸로 행복합니다.
사랑하는 사람을 향한 진실한 눈빛,
사랑하는 사람을 향한 온전한 마음,
사랑하는 사람을 향한 이해의 손길,
사랑하는 사람들 향한 희생의 각오…….
그것은 그 어떤 퍼포먼스보다 더 고귀하고 강력한 힘을 갖습니다.
진실한 그리움, 진실한 사랑은
꽉 닫혀있던 상대의 마음의 문을 열게 하고 사막에도 꽃을 피우게 하며
마음 안에 아름다운 집 한 채를 짓게 만듭니다.

지금 고백을 준비하고 계시다면 자신의 마음을 먼저 들여다보십시오.
내 마음은 눈처럼 맑은가,
내 마음은 비단결처럼 고운가,
내 마음은 볕처럼 따사로운가…….
부디,
세상에서 가장 완벽한 고백을 하기 바랍니다.
거짓 없는 마음과 마음이 하나로 통하고
부끄러운 고백에 오히려 만족해 하며 넉넉한 마음으로 받아줬을 때,
그것만큼 이 세상에 완벽한 고백은 없습니다.

눈물꽃

한 사람을 사랑해보지 않은 사람이
인류를 사랑하기란 불가능한 일이다.

−H. 입센

지하철 계단을 오르니, 밤하늘에 아기별처럼 눈이 스르르 내립니다.
그리 많은 눈은 아니었지만, 어쨌든 첫 눈이 오고야 말았습니다.
사랑하는 이와 함께 맞이하고픈 밤이었는데 어찌나 서럽던지
어느새 내 얼굴에 눈물꽃이 피었습니다.
일주일만 지나면 새벽 기차 타고 당신을 만나러 가는데
왜 하필,
지금 첫 눈이 오고야 마는 건지.
아쉬움과 그리움으로 밤을 지새우다
결국,
아파 눕고 말았습니다.
간밤에 어찌나 열이 나는지 몸이 땀으로 범벅이 됐습니다.
아침엔 출근도 하지 못했습니다.

혼자 사는 신세라 병원 가기도 귀찮아서 그냥,
종일 골골대며 당신에게 전화질만 해댔습니다.
거기도 눈이 왔었느냐고,
당신도 첫 눈이 오면 나처럼 아파할 거냐고 묻고 묻고 또 물었습니다.

다음 날에도 또 당신을 생각했습니다.
양치질을 하다가 거울 속에서 해맑은 당신을 보았습니다.
해맑게 웃으며 내게 손짓하는 것만 같았습니다.
구두끈을 매다가도 문득,
당신과의 영원한 인연을 꿈꾸기도 합니다.
지하철 계단을 내려가다가도
내 사랑도 이토록 당신 안에 깊어졌으면 얼마나 좋을까,
괜한 욕심도 키워봅니다.

당신 향한 그리움,
벌써 내 키보다 훌쩍 더 커버렸습니다.
사랑은 받는 것보다 주는 것이 더 아름답다지만
이렇게 하루도 빠짐없이 모든 걸 다 퍼주다 보니
내 가슴엔 횅한 바람만 가득한 게 아닐까, 하는 생각도 해보았습니다.
지하철 계단을 오르며 어제와는 다른 달님을 만났습니다.
조금씩, 조금씩 여위어가는 저 하늘 그림자,
한 달이 지나고 나면 또 어둠에 묻혀버린 그리움이
임산부처럼 포만해질 거라 믿습니다.

마지막 선물

고독은 이 세상에서 가장 무서운 괴로움이다.
어떠한 공포라도
모두가 함께 겪는다면 견디어 낼 수 있으나
고독은 죽음과 같다.

－게오르규

당신을 기다리다가 벌써 커피 세 잔을 비웠습니다.
뜨거운 기다림이 점점 식어 가고,
오늘도 하염없이 성냥 쌓기만 하였습니다.
그렇다고 오지 않은 당신을 원망하거나 서운하게 생각하진 않습니다.
만남이란 그리 쉬운 일이 아니라는 걸 잘 알기에…….

이 하찮은 커피 한 잔도
내 안으로 들어오기까지 오랜 견딤의 과정이 필요했던 것입니다.
씨앗을 파종하고 7~12개월에 이식하여 3년 정도가 지나야만
커피 열매가 맺히고 그리고 200~250도의 열을 가한 후

다시 분쇄과정을 거쳐야만 커피 한 잔이 마침내 탄생하는 것입니다.
이처럼 세상의 모든 만남이 하루아침에 우연히 이루어지는 건 아닙니다.

오늘따라 입 안이 쓰디씁니다.
마음이 씁니다.
커피가 너무나 진하기 때문만은 아닙니다.
오늘도 나는 당신에게 가지 못한 채, 그저 작은 씨앗만 뿌립니다.
언젠가는 왈칵,
당신이 다가올 거라 믿기에 커피 향으로
내 빈 가슴만 채우고 자리를 박찹니다.
마치 혼자 온 것처럼
아무도 기다리지 않았다는 듯이 카페를 태연스럽게 나갑니다.

나는 하루가 멀다 하고 또 당신에게 달려가 그 말을 다시금 묻곤 합니다.
정말 나를 잊을 수 있느냐고.

사실,
잊지 못하는 건 당신이 아니라 나인지도 모릅니다.
이미 당신 마음에서 떨어져 나간 내 자신이 너무나 안타까워
당신에게 다시 한 번 애원하는 건지도 모릅니다.
나를 잊을 수 있느냐는 물음 대신 나를 잊지 말라,
정말 나를 잊지 말아 달라는 부탁인지도 모릅니다.
당신의 기억 속에서 내 모든 사랑과 그리움이 사라진다는 것은

내가 살아 있을 이유마저도 빼앗는 것이기에…….
눈물 글썽거리며 당신에게 또 갑니다.
잊지말아 달라는 애원대신 이제는 나를 잊어도 괜찮으니,
잊을 바에는 서서히 잊어 달라는 부탁을 드리고자 함입니다.
혼자서도 살아갈 수 있도록
그대여 나를 천천히 당신 마음 밖으로 밀어내세요.
당신이 나를 잊기 전에 내가 먼저 그대를 잊을 수 있도록
조금의 시간을 마지막 선물로 내게…….

숨은 그리움 찾기

하지만 결정적으로 그는 모른다.
자신을 바라보며 사랑을 키워가는 한 여자가 있음을…….
하지만 적어도 그녀는 안다.
자신이 누구를 사랑하는지…….

- 영화 〈나도 아내가 있었으면 좋겠다〉

그리움은 도대체 어디에 있는 걸까요?
당신 그리워 힘겨울 때
간혹, 벽에 기댄 채 울었으니
벽 속에 있는 것 같기도 하고
아니면 목련 가지 끝에 걸린 조각달 보며 종종 당신을 생각했으니
달님 뒤에 숨어 있을 것 같기도 하고
그것도 아니라면 몰래 숨어 당신을 훔쳐보았던
전봇대 뒷편에 있는지도 모르겠습니다.

아무리 찾으려 해도 좀처럼

그 모습을 드러내지 않는 한없이 투명에 가까운 그리움.
당신 때문에 어떤 날은 가슴 한복판이 아픈 걸 보면
그리움은
내 심장 가까이 있는 것 같기도 합니다.
그러다가 문득,
당신의 얼굴조차 떠오르지 않을 때면
애당초 그리움이란 건
이 세상에 없었는지도 모른다는 생각을 하게 됩니다.

그리움이 벽에 있건 달님 뒤에 있건,
심장 가까이 아니면 저 멀리 있건,
그리움으로 인해 마음이 더 아파질수록 나는 행복합니다.
그건 아마도,
이 세상 어딘가에 분명 당신이 아직도 존재하는 까닭이겠지요.

마음을 보여줄 수 있는 친구

그대는 새벽 4시에
전화를 걸 수 있는 친구를 가졌는가.

– 마를렌 디트리히

별도 달도 침대마저도 잠이 든 깊은 밤
홀로 잠 못 이루고 뒤척거릴 때가 종종 있습니다.
그때는 누구라도 붙들고 얘기를 나누고 싶은 생각이 간절합니다.
굳이 사람이 아니어도 좋다, 라는 생각에
어항 속 금붕어와 대화를 나눕니다.
구멍 뚫린 벽지를 갉아대는 바퀴벌레와도 대화를 나눕니다.
거울 속에 비친 나 자신과도 대화를 나눕니다.
내가 던진 말을 다시 내가 주워 담고 다시 또 건넨다는 게
참 쓸쓸하게 느껴지는 순간,
문득 사람이 그리워집니다.
친구가 그리워집니다.

아무 때고 아무 스스럼없이 전화를 걸 수 있는 사람이
더도 말고 덜도 말고 단 한 사람만 있었으면 좋겠습니다.
전화벨이 울리자마자 기다렸다는 듯이,
내 마음을 다 읽기라도 한 듯
단 한 번의 벨소리에 수화기를 거침없이 드는
마음과 마음이 통하는 사람이 있었으면 좋겠습니다.
"밤이 너무 깊었지? 자고 있었니? 미안해."
굳이 이런 말을 건네지 않아도 될 만큼 편안한 사람이면 더욱 좋겠습니다.
피를 나눈 가족은 아니지만
생사를 함께 한 동지는 아니지만
그 이상의 믿음이 있는 그런 사람이면 더욱 좋겠습니다.
내가 지금 전화를 통화하는 건지 아니면
마주 앉아 커피를 마시고 있는지,
물리적 거리를 생략할 수 있는 그런 사람이라면 더욱 더 좋겠습니다.
오줌보가 꽉 차도 눈을 찔끔 감고 잠시 오줌을 유턴시킬 만큼
수화기를 놓고 싶지 않은 사람이라면 한없이 좋겠습니다.
말을 많이 하기보다는 내 말을 더 들어주고
내 마음의 상처까지도 따뜻하게 치료해주는
안티푸라민 같은 사람이라면 더 이상 바랄 게 없습니다.

어느덧
두부장수 종소리가 울려 퍼지는 어스름한 새벽녘까지도
서로 미안한 나머지 먼저 수화기를 내려놓을 수 없는,

그러다가 수화기를 베개삼아
스르르 서로 같은 꿈을 꿀 수 있는
그런 사람 하나쯤 있다면 정말 좋겠습니다.
아침에 일어나서도
지난 밤 서로 섞었던 말에 대해
따지거나 딴죽을 걸지 않고
모두 다 이해하고
새로운 하루의 시작을 격려하고 응원해주는
마음 따뜻한 사람이라면 더더욱 좋겠습니다.
더도 말고 덜도 말고 딱 한 사람…….
내 마음과 제 마음을 바꿀 수 있는
그런 친구가 있었으면 정말 좋겠습니다.

사랑, 그 영원한 수업

인생은 사랑을 배울 기회로 가득 차 있다.
우리가 받아야 할 영원한 수업은
우리가 얼마나 잘 사랑할 수 있느냐이다.

─무명씨

사랑은 정직해야 합니다. 또한 부끄럽지 않아야 합니다.
사랑한다는 말 한 마디에 천근만근의 무게를 느껴야 합니다.
사랑은 향기로워야 합니다.
내일을 약속해야 합니다.
칭찬과 감사의 말을 아끼지 말아야 합니다.
이 세상에 단 한 사람임을 잊지 말아야 합니다.
별 하나를 가슴에 키워야 합니다.
어느 장소이건 떳떳해야 합니다.
게으르지 않아야 합니다.
편지를 써야 합니다.
때론 침묵해야 합니다.

어린애가 되어야 합니다.
한 겨울에도 산딸기를 먹을 수 있어야 합니다.
겸손해야 합니다.
의심하지 말아야 합니다.
섬의 외로움을 이해해야 합니다.
낮과 밤의 약속이 일관돼야 합니다.
시인이 돼야 합니다.
배신하지 않아야 합니다.
계절의 변화를 즐길 줄 알아야 합니다.
어둠보다 어둠에 갇힌 달을 사랑해야 합니다.
새벽열차를 자주 타야 합니다.
용기가 있어야 합니다.
숨김이 없어야 합니다.
사랑은 필요충분조건입니다.

사랑은 이토록 많은 제약이 따릅니다.
그래도 그 사랑을 원하신다면 당신은 분명 행복한 사람입니다.
행복은 사랑 안에 있기 때문입니다.

많이 주고 덜 받기

만약에 사랑에도 유효기간이 있다면
나의 사랑은 만년으로 하고 싶다.

－영화 〈중경삼림〉

또 당신은 그 흔한 겨울바람에 백기를 들고 말았습니다.
콧물 몇 방울 흘리면 될 것을
기침 몇 번 뿌리면 나을 것을
당신은 시위라도 하듯 또 몸져눕고 말았습니다.
당신은 어느 날,
갑작스레 고백할 것이 있다며 말했지요.
나를 만나기 전부터 줄곧 아팠다고,
그래서 많이 지쳐 있다고,
그러니 앞으로 더 힘들지도 모른다고,
원한다면 떠나라고, 자신이 없다고, 잘 해줄 자신이 없다고…….
그 말을 듣는 순간,
난 아랫입술을 떨기 시작했지요.

당신만 바라봤던 못난 내 자신이 너무나 서러워서 그랬을까요.
아니면 당신이 애써 감췄지만 흐르고 만 눈물 몇 방울 때문이었을까요.

집으로 오는 길 내내, 아랫입술은 여전히 떨고 있었지요.
무슨 말을 하려고 그랬던 걸까요.
굳이 당신에게 아무 말도 하지 않은 채 뒤돌아 선 이유는
이미
당신은 내 마음을 아프게 했기 때문입니다.
아픈 당신이 힘들까 봐
내 고통은 보이고 싶지 않았을 뿐이었습니다.

많이 주고 적게 얻으면 언젠가는 다시 내게로 오리라 믿었습니다.
적어도 내가 준만큼이라도 되돌려 받을 거라 믿었습니다.
하지만 그렇지 않더군요.
그리움은 그런 게 아니더군요.
퍼줘도, 끊임없이 퍼줘도
바닥이 드러나지 않는 것이 그리움이란 걸
이제야 알았습니다.

내가 그리워하는 당신,
그런 당신이 나만을 그리워했다면 내가 그리워할 이유가 없었겠죠.
긴 밤의 고통을 차라리 건디겠습니다.
귀뚜라미를, 전봇대 아래 골목길을 사랑하겠습니다.

차라리 당신의 외면을 외면하겠습니다.

박쥐가 겨울잠을 자는 모습이 편하고 평화롭게 보이지만

사실은 추위와 배고픔을 견디기 위한 처절한 몸부림을 나는 압니다.

견디는 자만이 봄 햇살을 먹을 수 있다는 걸 나는 잘 압니다.

기다리겠습니다, 견디겠습니다.

다만,

당신이 요즘 느끼는 사랑이

예전에 내가 보냈던 그리움이라는 사실을 알아주길 바랄 뿐입니다.

거리의 법칙

몇 번을 죽고 다시 태어난다 해도
결국 진정한 사랑은 단 한번뿐이라고 합니다.
대부분의 사람은
한 사람만을 사랑할 수 있는 심장을 지녔기 때문입니다.
－영화 〈번지점프를 하다〉

적당한 거리의 법칙을 아시는지요?
지구가 태양과 좀 더 가까운 거리에 있었다면
아마도 지구는
불덩이처럼 뜨거워져서 아무런 생명체도 존재하지 않았을 것입니다.
또한 지구와 태양의 거리가 한없이 멀리 떨어져 있었다면
지구는 꽁꽁 얼어붙은 얼음별이 돼
우주 공간을 정처 없이 떠돌아다니는 나그네 별이 됐을지도 모릅니다.

거리, 그 둘만의 거리!
그건 어쩜 지구와 태양의 약속인지도 모릅니다.

영원하고자 손가락을 건 사랑의 약속 말입니다.

그립다고 해서 와락 달려들지 않고

미워졌다 해서 멀리 떠나 버리는 법도 없습니다.

늘 그 거리에서 서로 지켜봐 주는 사랑,

한결 같은 사랑,

사랑하되, 서로를 구속하지 않고 느낌으로 전하는 사랑,

그 적당한 거리의 법칙이 믿음처럼 지켜지는 것입니다.

지구와 태양의 애닲은 약속이 있었기에

우리들이 지금 이 시각,

이 위치에 존재하는 것인지도 모릅니다.

고슴도치도 마찬가지입니다.

서로 사랑한다고 해서 와락 껴안는다면

가시에 찔려 서로에게 상처를 줄 수도 있습니다.

아프지 않고 그리워할 수 있는 거리만큼 좀 떨어져 있는 것도

더 깊은 사랑을 만들어가기 위해 때론 필요합니다.

사랑은 단지 함께 붙어 있는 것만을 의미하지 않습니다.

함께 있어 상처를 주느니

때론 떨어져서 서로에 대한 진정한 가치를 되새기는 것도 필요합니다.

세상에는 우리가 인지하지 못할 정도로

적당한 거리의 법칙이 나름대로 지켜지고 있습니다.

나무와 나무 사이에도 거리가 있고

섬과 섬 사이에도 적당한 거리가 있고

전봇대와 전봇대, 눈과 귀 사이에도
적당한 거리가 존재합니다.
이 거리가 어쩜 거역할 수 없는 거리인지도 모릅니다.
당신과 나 사이의 거리도 그렇습니다.
한 순간에 뜨거워지고 또 한 순간에 차가워지는 그런 사랑 말고
영원토록 그리워하고 사랑하라는
거역할 수 없는 애닮은 운명인지도 모릅니다.

혼자는 외롭고 둘은 그립다

절망의 늪에서 나를 구해준 건
많은 사람들의 사랑입니다.
이제 내가 그 사람들을 사랑할 차례입니다.

−오드리 헵번

해바라기는 오늘도 허리를 한껏 구부립니다.
그러나 개미의 얼굴을 보기에는 아직 역부족입니다.
조금만
조금만 더 내려가면 볼 수 있으련만
땅바닥까지 내려가기에는 해바라기의 키가 너무 컸던 것입니다.

해바라기는 개미의 얼굴을 딱 한 번 볼 수 있었습니다.
지난 봄날,
옆구리가 간지러워 쳐다보니
작은 개미 한 마리가 빙긋 웃고 있었습니다.
늘 해와 달만 쳐다보던 해바라기는

처음 본 개미의 얼굴에서 신선한 아름다움을 느꼈습니다.

그 후로 해바라기는

개미에 대한 그리움으로 마음이 뜨겁게 달아올랐습니다.

'딱 한 번만이라도 더 볼 수 있다면…….'

해바라기는 개미가 다시 찾아와주길 간절히 바랐지만

일 년이 다 지나도록 개미는 나타나지 않았습니다.

그래서 해바라기는 오늘도 개미와 만나기 위해

기다란 허리를 깊숙이 구부렸습니다.

그러나 역시 역부족이었습니다.

개미와 해바라기 사이에는 너무나 큰 간격이 있었던 것입니다.

그러던 어느 날,

해바라기는 지나가는 바람을 잡아 세웠습니다.

그리고는 간곡히 부탁했습니다.

"바람님, 제 소원입니다. 부디 세찬 바람으로 저를 때려주세요."

바람은 해바라기의 말을 듣고 의아한 표정을 지었습니다.

"다들 거친 바람을 피하려고 하는데

왜 당신만은 거친 바람을 원하는 거죠?"

"이유는 묻지 마시고 그냥 그렇게 해주세요."

"잘못하면 당신의 생명이 위험할지도 몰라요."

"괜찮아요, 전 괜찮아요."

바람은 해바라기의 간곡한 부탁을 거절할 수 없었습니다.

그래서 바람은 있는 힘을 다해 가슴에 담아 두었던 거친 바람을
해바라기에 쏟아부었습니다.
매서운 바람은 씽씽, 무서운 소리를 내며 해바라기에 덤벼들었습니다.
해바라기의 몸은 사정없이 흔들렸고
그의 허리는 서서히 꺾이더니 이내 우두둑 부러지고 말았습니다.
비록 허리가 부러졌지만 해바라기는 행복했습니다.
드디어 개미가 사는 땅에 닿을 수 있었기 때문이었습니다.
해바라기는 아픈 몸을 이끌고 개미를 찾기 위해 주위를 둘러보았습니다.
그런데 이게 어찌된 일입니까?
아무리 찾아봐도 개미는 보이지 않았습니다.
그렇게 간절히 보고 싶었던 개미는 그곳에 없었던 것입니다.
해바라기는 크게 실망했습니다.
잘린 허리의 아픔은 이루 말할 수 없었습니다.
그러나 개미를 만날 수 없는 고통보다는 덜했습니다.
"개미야, 개미야~ 보고 싶다. 넌 도대체 어디에 있는 거니?"
해바라기는 개미를 그리워하다 끝내 숨을 거두고 말았습니다.

......
......

"해바라기님, 당신은 어디에 있습니까?"
개미는 드디어 오늘, 해바라기의 허리까지 오를 수 있었습니다.
일 년 내내 오르고, 떨어지고, 오르고 다시 떨어지기를 수 백 번,

그러나 이처럼 높이 올라온 날은 오늘이 처음이었습니다.
개미는 오늘만큼은 해바라기의 얼굴을 볼 수 있을 거라 자신했습니다.
그러나 아무리 찾아봐도 해바라기의 얼굴은 보이지 않았습니다.
"해바라기님, 당신은 어디에 있습니까?"
무참하게 잘린 해바라기의 허리만 아른거릴 뿐
개미는 해바라기의 얼굴을 끝내 보지 못했습니다.

이 세상에는 이루어지는 사랑보다 이루어지지 않는 사랑,
꺼내 보이지도 못한 사랑이 더 많습니다.
누군가는 바라보는 사랑, 기다리는 사랑이 더 아름답다고 말합니다.
그러나 그건 그리움을 간직한 사람의 마음을 모르고 하는 얘기입니다.
사랑은 이루어져야 합니다.
사랑은 만나야 합니다.
이 세상에 가슴 움켜쥐고 아파하는 사람이 없는 그 날을 위해
우선 나부터 당신에게 못난 내 사랑을 꺼내 보여야겠습니다.

슬픔 활용법

인생이란 그런 것!
기쁨은 잊을 수 없는 슬픔으로 인해 쉽게 사라져 간다.
그렇지만 이런 진실을 아이들에게 미리 알려줄 필요는 없다.

－영화 〈마르셀의 추억〉

그래요, 잘 살아갑니다.
당신 밖에 몰랐고, 당신이 아니면 살아갈 수 없다 했지만
어느새 우리는 서로가 없는 삶도 이제 자신의 삶임을 인정합니다.
잊는다는 것,
잊어야만 한다는 것,
마음속에서 당신과 함께 했던 시간들을 송두리째 도려낸다는 것,
그것이 차마 불가능한 일인 줄만 알았습니다.
그러나 머리를 베개 밑으로 처박은 채
몇 달 간을 그렇게 이불을 다 적시도록 하염없이 울고 또 울다보니
당신의 모습이 놀랍게도 점점 희미해지기 시작했습니다.
우리에게 있어 헤어짐이란 지울 수 없는 상처라 생각했는데

상처가 이젠 서서히 추억이라는 이름으로 포장돼 다가옵니다.
잊는 것이 가능한 일이구나, 라는 생각에
요즘은 더욱 몇 곱절로 힘이 듭니다.
내 자신이 너무 밉습니다.
당신에 대한 나의 사랑이 이 정도 밖에 되지 않았나, 라는 생각에
부끄러워지고 맙니다.
당신에게 미안하고 내 자신에게 화가 납니다.
진정으로 당신만을 사랑하고 영원히 잊을 수 없다고 고백했던 그날 밤,
분명 달님이 우릴 지켜보고 있었을 테니
이제 달님을 어떻게 볼 수 있을런지,
달님 앞에서 어떻게 변명해야 할지…….

우물 안에 당신 이름을 묻었습니다.
당신 이름은 연어떼처럼 메아리가 돼 내 빈 가슴을 향해 잇닿습니다.
하지만 미련 없이 그리움 반대편으로 내 발걸음을 내딛습니다.

당신을 잊고자 함이 아닙니다.
당신을 사랑하지 않아서는 더더욱 아닙니다.
보여 줄 사랑보다 간직한 사랑이 더 위대하다는 걸 증명하고자 함입니다.
언젠가,
당신이 삶의 무게에 짓눌려 물 한잔 간절히 원할 때
내가 남겨 두고 온 메아리로 잠들어 있는 우물을 깨우기 위함입니다.

왜 이제야 왔느냐고,
왜 이토록 내 마음을 모르느냐고,
굳이 당신의 마음을 부여잡고 흔들진 않으럽니다.
그냥 그대로 내 그리움을 단련하고자 합니다.
어서 목을 축이고 다시 세상의 한복판으로 향하기를,
두 번 다시는 우물가에 오지 않으시기를 바랄 뿐.
혹여,
당신이 다시 이곳을 찾는다 할지라도
그 맛 그대로를 드리기 위해
메아리를 멈추지 않고 벽에 부딪치며 우물을 귀찮게 하렵니다.

우물 안에 나를 묻었습니다.
꼭꼭 숨겨둔 내 그리움, 행여 당신에게 들킬까 봐
가장 밑바닥에 얇게 엎드려 있습니다.
우물 안엔 아직도 당신과 내가 살고 있습니다.

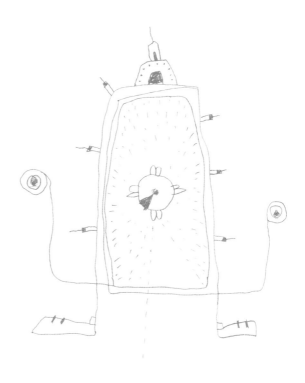

하늘이 정해준 운명

한 소년이 있었다.

소년에게는 세상에서 가장 싫은 게 하나 있었다.

그건 바로 거울을 보는 일이었다.

"도대체 나는 왜 이렇게 생긴 걸까?"

소년의 얼굴은 잘 생긴 것과는 거리가 멀었다.

그러나 소년을 더더욱 힘들게 하는 건 못생긴 얼굴이 아니었다.

얼굴이 못 생긴 건 그러려니 하고 지낼 수 있었다.

그러나 신체적인 결함이 소년을 더욱 주눅들게 만들었다.

소년은 난쟁이인데다가 등에 혹까지 난 곱추였다.

그런 신체적인 결함 때문에 매일 동네 친구들에게 놀림을 받았다.

"너는 그 모양을 하고는 밖에 나오고 싶냐?"

"저리 가! 징그러워!"

"너랑 안 놀아. 우리 엄마가 너하고는 놀지말라고 그랬어."

소년은 부모님에게는 사랑스러운 아이였지만

동네 친구들에게는 끔찍한 존재였다.

얼굴도 못 생긴데다가 모습까지 이상해서 마치 괴물과도 같았다.

그러나 소년은 울지 않았다.

언젠가는 좋은 날이 올 거라는 희망을 믿었기 때문이었다.

자신감마저 잃으면 자기 자신은 정말 아무 것도 아닌 존재일 것만 같았다.

세월이 흘러 소년은 청년이 됐다.

턱수염도 나고 손과 발도 커지고 그리고 무엇보다도 마음의 변화가 생겼다.

그건 바로 이성에 대한 호기심이었다.

어느 날, 청년은 함부르크에 있는 한 장사꾼의 집을 방문하게 됐다.

그런데 그곳에서 운명과도 같은 연인을 만나게 됐다.

그녀는 바로 장사꾼의 딸이었다.

청년은 그녀를 보는 순간, 마음을 빼앗기고 말았다.

'오, 저렇게 아름다운 여인이 있다니!'

그 날 밤, 청년은 그녀 생각에 잠을 이루지 못했다.

잠을 청하려고 이불을 뒤집어썼지만 그녀의 얼굴이 계속 떠올랐다.

'왜 이러지?'

청년은 사랑에 빠지고 만 것이다.

다음 날, 청년은 근사한 옷을 입고 장사꾼의 집을 다시 찾았다.

때마침 그녀가 있었다.

청년은 그윽한 눈빛으로 그녀를 쳐다봤다.

그러나 그녀는 청년에게 눈길조차 주지 않았다.

사실, 그녀는 청년이 좀 무섭다는 생각이 들었다.

청년의 얼굴이 못 생긴데다 흉하기까지 했기 때문이다.

'그래, 지금은 내가 볼품이 없지만

자꾸 보다보면 그녀도 나를 좋아하게 될 거야.

내일도 모레도 찾아갈 거야.'

다음 날에도 청년은 어김없이 그녀의 집을 찾아갔다.

청년의 손에는 장미꽃 한 다발이 들려 있었다.

'이 꽃으로 내 마음을 전해야지.'

청년은 그녀 앞에 섰다.

그리고 용기를 내어 등 뒤에 있던 꽃을 그녀에게 내밀었다.

"저, 저………."

청년이 고백을 하려고 하자, 그녀가 차가운 눈으로 청년을 바라보았다.

그러더니 곧바로 아무 말 없이 뒤돌아 방으로 들어가 버렸다.

청년은 고백 한 마디 못한 채 거절을 당한 것이다.

거절을 당할 줄 미리 짐작은 했지만 막상 그녀의 뒷모습을 보니

너무나 마음이 아팠다.

자신의 모습이 너무나 초라하다는 생각이 들었다.

그렇다고 그 누구를 원망할 수도 없었다.

'그래, 보이는 게 전부는 아니야.

진심을 전할 수 있다면 그것만큼 완벽한 건 없어.'

청년은 다소 힘이 빠졌지만 곧, 다시 힘을 내기로 마음먹었다.

그런데 우연찮게 청년에게 기회가 찾아왔다.

그녀의 방문이 조금 열려 있었던 것이다.

청년은 다시 용기를 내어 그녀의 방으로 들어갔다.

갑자기 들어선 청년을 보고 그녀는 깜짝 놀랐다.

"여기가 어디라고 들어오는 거예요?"

"죄송합니다. 실례라는 걸 알면서도 이렇게 밖에 할 수 없었습니다.
 제 얘기를 좀 들어주세요."

간절한 눈빛으로 청년이 말하자, 그녀는 고개를 끄덕였다.

"그래, 할 말 있으면 해보세요."

청년은 그녀 앞에서 무릎을 꿇더니 장미꽃을 내밀었다.

"자, 받으세요. 이 꽃의 주인은 당신입니다."

그녀는 어쩔 수 없이 장미꽃을 받았다.

청년은 진지한 표정을 짓더니 이내 말했다.

"당신은 하늘이 정해준 운명이라는 걸 믿나요?"

그녀는 아무 말도 하지 않은 채 눈만 깜박거렸다.

그러자 청년은 미소를 지으며 말했다.

"저는 하늘이 정해준 운명을 믿습니다.
당신이 바로 하늘이 정해준 나의 운명입니다. 정말입니다."

그녀는 청년의 말이 거북했는지 따지듯 물었다.

"그게 무슨 말씀이세요? 내가 당신의 운명이라니요?"

청년은 고개를 끄덕이며 말했다.

"맞습니다. 당신은 나의 운명입니다. 그 이유를 말씀드리지요.
내가 태어나기 전, 신께서는 내게 이렇게 말했습니다.

"너랑 결혼할 여자는 등에 혹이 난 곱추란다. 이건 어쩔 수 없는 운명이다."
나는 놀랍기도 했지만 한편으로는
내 아내가 될 사람이 불쌍하다는 생각이 들었습니다.

그래서 신에게 이렇게 말했습니다.

"여자가 곱추로 살아가기란 힘듭니다.

그러니 차라리 제가 아내 대신 곱추가 되겠습니다.

부디, 제가 원하는 대로 해주세요. 부탁드립니다."

청년의 말이 끝나자마자, 그녀가 떨리는 목소리로 말했다.

"그럼 저 대신 당신이 곱추로 태어났다는 말씀인가요?"

청년은 미소를 지으며 고개를 끄덕였다.

그리고 그녀의 눈을 바라보며 진심을 담아 얘기했다.

"저의 진심을 봐주세요.

저의 얼굴이나 모양새는 이 세상에서 최악 중의 최악일 겁니다.

그러나 당신을 향한 내 마음은

세상 그 누구보다도 더 진실하다고 자부합니다.

내 곱고 아름답고 잘 생긴 마음을 봐주세요.

이 말을 꼭 당신에게 전하고 싶었습니다."

어느새 그녀의 눈망울은 촉촉이 젖어 있었다.

"당신의 진심이 보여요. 정말 아름답군요."

마침내 그녀는 청년의 마음을 받아들였다.

둘은 결혼했고 그녀는 그 청년의 헌신적인 아내가 됐다.

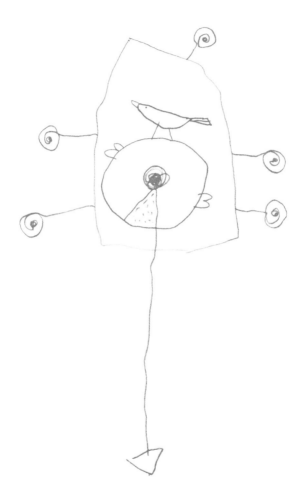

세상에서 가장 완벽한 고백

사람은 누구나 발가락 방향으로만 걷기 마련입니다.
하지만 그 거침없는 속도는 '삶의 여유' 라는 단어를
일상으로부터 빼앗아가고 맙니다.
행복은 여유로운 마음으로부터 오는 것입니다.
발가락을 접고 잠시 허리를 숙여 대지 가까이 귀를 기울여보십시오

슬픈 사랑의 전설

늘 웃고, 늘 수줍은 아이
혹시 당신만 보면
얼굴이 붉어지는 아이가 있지 않나요?
　　　……
말해버릴까?

－광고 〈투유 초코렛〉

장미가 왜 붉은지 아십니까?
사랑의 화신인 큐피트가 그만
실수로 화살을 비너스의 가슴에 쏘고 말았습니다.
화살을 맞은 비너스는 거역할 수 없는 사랑의 열병을 앓게 됐습니다.
비너스가 사랑하는 대상은 바로 미소년 아도니스였습니다.
어스름한 달빛 숲 속에서 사냥하는 아도니스의 용맹스러운 모습을 보고
비너스는 한 올도 남김없이 모든 마음을 아도니스에게 주고 말았습니다.
"저렇게 멋진 분은 처음이야.
내 영혼, 내 육체, 내 모든 것을 저 분께 드리고 싶어.

내 생이 다하는 그날까지 저분과 함께 할 수 있다면 얼마나 좋을까."
비너스는 매일 아도니스를 따라다녔습니다.
그리고 아도니스에게 고백을 했고 사랑을 주었습니다.
아도니스 곁엔 언제나 비너스의 사랑과 그리움이 머물렀습니다.
그러나 아도니스는 쉽게 마음의 문을 열지 않았습니다.

그러던 어느 날,
아도니스가 숲속을 거닐고 있을 때 갑자기 뒤에서 멧돼지 한 마리가
그를 향해 맹렬하게 달려드는 것을 보았습니다.
그 광경을 목격한 비너스는 아도니스에게 크게 소리쳤습니다.
"아도니스, 어서 피해! 멧돼지가 오고 있어!"
그러나 아도니스는 그 소리를 못 들었는지 아무런 반응이 없었습니다.
비너스는 온 힘을 다해 달렸습니다.
아도니스를 구하기 위해 그를 감싸 안으려 했던 것입니다.
그러나 이미 상황은 끝나고 말았습니다.
멧돼지는 아도니스를 덮치고 말았습니다.
결국, 아도니스는 멧돼지의 공격으로 그 자리에 숨을 거두고 만 것입니다.
비너스는, 하늘이 무너지는 슬픔이 밀려왔습니다.
비너스는 다시는 돌아올 수 없는 사랑을 보며 울부짖었습니다.
"왜 먼저 가는 거야. 왜 나를 두고 이렇게 먼저 가는 거야."
슬픔에 젖은 비너스는 한동안 그 자리를 뜨지 못했습니다.
그런데 비너스 옆에 붉은 장미 한 송이가 곱게 피어 있는 것이었습니다.
그 붉은 장미는 원래 백장미였는데

비너스가 아도니스를 구하기 위해 뛰어들다가
장미 가시에 찔려 피를 흘렸습니다.
그 피가 백장미를 붉게 물들였던 것입니다.

이토록 아름답고도 슬픈 장미의 전설을 아는지 모르는지,
오늘도 수많은 붉은 장미가 연인들의 사이에서 오가고 있습니다.
그저, 장미가 붉다는 게 활활 타오르는 사랑이 전부는 아닐진대.
말 못할 슬픈 그리움 그리고 거역할 수 없는 순백의 흐느낌까지도…….
우리들은 온 마음으로 느끼며 사랑하고 있는지
붉은 장미를 보며 되돌아봐야 합니다.

사랑 자격증

오! 맙소사 죽는 순간에 이르러서야
이제껏 한 번도 제대로 살아본 일이
없었다는 사실을 깨닫다니.

－헨리 데이빗 소로

그리스 로마 신화에 나오는
뽕나무에 관한 애절한 비련의 이야기를 소개하고자 합니다.
피라모스 청년과 티스베 처녀는 담 하나를 사이에 두고 살았습니다.
오누이처럼 함께 자라는 사이에 어느 때부터인가 두 사람은
마음 깊은 곳에서부터 서로를 연모하는 사이로 발전하기에 이르렀습니다.
그러나 양가 부모들의 완강한 반대로 인해 두 사람은 늘 서로 애를 태웠지만
만날 기회조차 갖을 수 없었습니다.
두 집의 담 사이에 있는 조그마한 구멍 사이로
뜨거운 사랑은 더더욱 무르익어 갔습니다.
그러나 그들의 사랑은 너무나 뜨거워
잠시라도 서로의 간격을 인정하려 하지 않습니다.

"티스베, 우리 만나자."

"그래요, 피라모스. 우리 만나요."

그들은 약속 장소를 성 밖으로 빠져 나오면

샘물 옆에 흰 열매가 주렁주렁 달린 뽕나무 아래로 정했습니다.

밤이 되자, 티스베 처녀는 어둠 속을 달려 약속한 뽕나무 밑으로 갔습니다.

조심스레 주변을 서서히 살펴보았지만 피라모스는 보이지 않았습니다.

어스름한 달빛 아래 피라모스가 오기를 손꼽아 기다리고 있었는데

저만치서 무서운 사자가 한 마리 어슬렁어슬렁 기어오는 것이 보였습니다.

티스베는 기겁을 하고 뒤도 돌아보지도 않은 채

곧바로 숲 속으로 발걸음을 재촉했습니다.

그런데 그때 티스베가 너무나 급하게 몸을 피하는 바람에

그만 걸치고 있던 숄을 흘리고 말았습니다.

사자는 그 숄을 발톱으로 갈기갈기 찢고는

어디론가 금새 사라져 버렸습니다.

잠시 후, 피라모스가 약속 장소로 달려왔습니다.

그리고 찢겨진 티스베의 숄을 보고 놀라움과 슬픔을 금치 못했습니다.

"티스베! 티스베! 도대체 이게 어찌 된 거니?

하늘이여, 무슨 말이라도 제게 해주십시오!"

피라모스는 참으로 괴로웠습니다.

조금만 자신이 약속 장소에 빨리 나왔더라면

티스베가 사자에게 물려서 죽는 일은 없었을 거라는 생각 때문이었습니다.

피라모스는 티스베의 숄을 가슴에 안고 뽕나무 밑으로 갔습니다.

그리고는 칼을 꺼내 자기의 가슴을 마구 찔렀습니다.

티스베가 없는 이 세상은 자신에게 아무런 의미가 없었기 때문입니다.
피라모스의 붉은 피는
흰 열매가 매달린 뽕나무를 온통 붉게 물들이고 말았습니다.
그리고 서서히 죽어갔습니다.
얼마 후 티스베는 숲 속에서 나와 약속한 뽕나무 아래로 갔습니다.
그런데 그렇게 간절히 기다렸던 피라모스가
이미 온 몸이 붉은 피로 젖은 채 그 자리에 누워 있었습니다.
티스베는 피라모스의 몸을 부둥켜안고 흔들어 댔지만
이미 피라모스의 입술은 차가웠습니다.
슬픔에 잠긴 티스베도 피가 채 마르지도 않은 피라모스의 칼을 들고
자신의 가슴을 찔러서 죽고 말았습니다.
죽음은 두 사람을 더 이상 갈라놓지는 못했습니다.
완강히 반대하던 두 집안은 결국 그 두 사람을 함께 고이 묻어 주었습니다.
그때부터, 흰 뽕나무 열매는
죽음도 같이한 연인들의 일편단심인 양 검붉은 빛깔이 되었던 것입니다.

사랑은 이처럼 그대가 아니면 아무것도 아닌 것일까요?
그대가 아니면 나도 없는 것일까요?
늘 나로 인해 그대가 있기를 강요했고
나로부터 먼저 이별을 시작했던 시간들,
나는 아직도 사랑을 모릅니다.
아니,
아직은 사랑을 할 자격이 없는지도 모릅니다.

눈물 한 방울, 눈빛 한 순간마저도 손해 보지 않으려 했던 우리들의 사랑.
사랑은 그대 안에서 배워야 함을
언제나 나는 깨달을 수 있을까요?
언제나 우리는 서로에게 목숨을 걸 수 있는 사랑을 할 수 있을까요?
그런 사랑을 했다고, 했었다고
저 세상에 가면 떳떳이 말할 수 있을까요?

벚꽃 애사(哀思)

사랑은 온 우주가
단 한 사람으로 좁혀지는 기적이라고 생각해요.
내게 우주는 나의 남편, 대니 그 하나뿐이에요.

　－줄리아 로버츠

너무나 무거운 말이었기에 그저 눈빛으로 안부만 전했을 뿐,
정녕 하고 싶었던 말들은 내려놓지도 못한 채
그만 그 자리를 일어나고 말았습니다.
곧 벚꽃이 지고 나면 그 빈자리엔 아카시아 꽃내음이 금세 메울 거라는,
그저 당연하고 평범한 얘기만 남기고, 그렇게 당신 곁을 떠나왔습니다.
기차를 타고 돌아오는 길,
창밖으로 보이는 바깥세상은 여전히 벚꽃 천지입니다.
저 벚꽃이 지려면 아직도 멀었는데,
아직도 봄이 한창인데
나는 미리 내 마음속에서 저 벚꽃을 떨어뜨리려 했습니다.

왜 그랬던지……
모두다 몹쓸 그리움 때문입니다.
당신과 함께 하려고 그렇게 기다렸던 봄이었건만
얄미운 봄과 벚꽃은 저희들끼리만 즐겁게 피고 말았던 까닭입니다.

벚꽃이 지면
당신이여, 병실 창밖을 바라보세요.
그리고 하나 둘 셋 세어주세요
당신 그리워 흐르는 내 눈물을……

아프긴 마찬가지입니다.
몸이 아파 힘들어 하는 것과
그런 당신을 멀리서 바라볼 수밖에 없는 내 마음이
모두 다 견디기 힘든 건 매 한가지입니다.
당신에게 힘내라는 말 대신
사랑한다는 말이
더 큰 약이라는 걸 알면서도
차마 당신 앞에서 말을 꺼내지 못한 이유는
당신을 사랑하기 때문입니다
또 당신마저도 나를 사랑하기 때문입니다.

별이 지고 나면 어김없이 해가 떠오르듯
아무 일도 아닌 것처럼 당신 곁에 그렇게 작은 일상으로 머물고 싶습니다.

사랑한다는 말보다 기다려 달라는,

저 벚꽃이 지고 아카시아 꽃내음이 당신의 창가에 닿으면 또 올 테니

기다려 달라는 약속만 남기고 나는 서툴러 기차를 타고 말았습니다.

기다림,

사랑함을 숨기고,

기다림으로 사는 일이 우리에게는 더욱 절실하기 때문입니다.

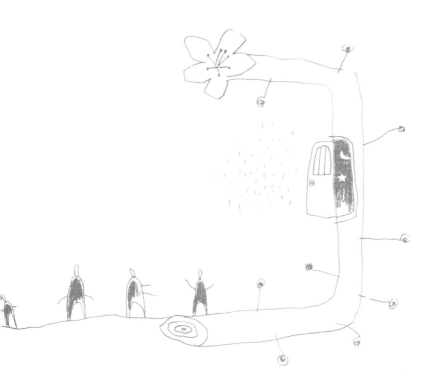

다시 날개를 펴라

정해진 해결법 같은 것은 없다.
인생에 있는 것은 진행 중인 힘뿐이다.
그 힘을 만들어내야 하는 것이다.
그것만 있으면 해결법 따위는 저절로 알게 된다.

－생텍쥐페리

어느 따스한 봄날,
병아리가 참새들에게 집단 따돌림을 당했습니다.
날개는 있지만 하늘을 날 수 없다는 이유 때문이었지요.
"어이, 병아리!
뭐하러 날개를 거추장스럽게 달고 다니냐? 아예 날개를 떼어버려라."
병아리는 너무나 괴로웠습니다.
사실 병아리 자신도
자신의 날개가 쓸모없다는 생각을 가끔씩 했기 때문입니다.
'그래, 날 수 없다면 새라고 할 수 없지…….
나는 아무 짝에도 쓸모가 없어.'

병아리는 실의에 빠졌습니다.

그러던 어느 날, 병아리는

마당 한켠에서 이상한 광경을 목격했습니다.

개미 한 마리가 자신보다 열 배 가량은 커 보이는 지렁이 한 마리를

질질 끌고 가는 것이었습니다.

순간 병아리는 다짐했습니다.

'저렇게 작은 개미도 저렇게 큰 능력을 발휘하는데 나라고 못할 건 없지.

나도 할 수 있어! 언젠가는 당당히 하늘을 날 거야.'

병아리는 먼저 나뭇가지에 밧줄을 걸고 그 줄로 자신의 목을 묶었습니다.

그리고는 자신의 몸을 허공에 가차없이 내던졌습니다.

밧줄은 곧 팽팽해지기 시작했고

끝내 병아리의 숨통을 조여 오기 시작했습니다.

"캑캑, 도와주세요! 제발 저 좀 살려주세요."

그 광경을 본 참새들은 혓바닥을 내밀며 모른 척 지나갔습니다.

참을 수 없는 절박한 상황, 가장 절망적일 때 희망이 온다고 하였던가!

병아리는 죽을 각오로 날갯짓을 했습니다.

"난 살아야 돼! 꼭 하늘을 날아야 돼!"

화석처럼 딱딱하게 굳은 줄만 알았던 병아리의 날개가

서서히 움직이기 시작하더니

끝내는 하늘을 들었다 놨다 수없이 반복했습니다.

병아리는 마침내 나뭇가지로 날아오를 수 있었던 것입니다.

밧줄만큼의 길이였지만 병아리는 참으로 행복했습니다.
한 뼘 정도의 거리였지만
그 밧줄의 길이가 병아리에게는 멀고도 먼 꿈의 길이였기 때문입니다.

누구에게나 날개가 있다는 사실을 아십니까?
인간에게도 꽃에게도 그리고 나무에게도 날개는 있습니다.
그러나 우리 스스로 능력을 과소평가했기에
그 날개가 점점 퇴화된 것입니다.
양팔을 있는 힘껏 벌려 보십시오.
나뭇가지를 벌려 보십시오.
꽃대를 흔들어 보십시오.
그리고 위 아래로 힘껏 내저어보십시오.
분명, 당신은 땅과의 작별을 고해야 할 것입니다.
떠오르는 것이 느껴지는 지요?
당신은 꿈으로 이루어진 사람입니다.
다만, 그 꿈을 잠시 잊고 있었을 뿐⋯⋯.
다시 시작하십시오. 다시 꿈꾸십시오.
날개의 존재 이유는 분명 날기 위함일 것입니다.

삶의 위치 깨닫기

여행이란 도착하기 위해서가 아니라
떠나기 위함이다.

− 괴테

지금 어디로 가고 있으며, 도대체 뭘 위해 나는 이 길을 걸어왔던가, 라는
삶의 해법을 찾기 위해 사람들은 오늘도 여행을 떠납니다.

얼마 전 작은 암자를 다녀왔습니다.
김제 터미널에서 시내버스로 약 30여 분을 달리다보니
'망해사'라고 적힌 허름한 안내판이 보였습니다.
우리는 그곳에서 내려 허수아비와 나란히 서 있었습니다.
이정표를 따라 한 10여 분 솔밭길을 오르니
소대급 정도로 보이는 군부대가 하나 나왔습니다.
그 막사 사이 길을 지나니 자그마한 사찰이 있었습니다.
대웅전 낙서전 앞마당에서 바라다 보이는 푸른 바다…….
문득, 정동진역이 생각났습니다.

역을 빠져 나오면 곧바로 바다의 짠 냄새가 코끝을 후비듯
망해사도 바다와 접해 있어서
파도 소리와 함께 풍경소리도 들을 수 있었던 곳입니다.
바다에 떠있는 절 섬, 망해사!
우리는 잠시 평상에 무릎을 접고 눈을 감아 보았습니다.
감은 눈 위로 내려앉은 바다의 눈꽃파도가
더욱 바다를 가깝게 느끼게 했습니다.

아, 망해사! 너를 잊으려 왔건만
오직 너만을 갖고 가는구나!

잡글들이 한동안 뇌리 속에서 춤을 추었습니다.
잊을 망! 바다 해!
우리는 아무것도 버리지 못하고 잊지도 못한 채
신작로에서 손을 흔들어야만 멈추는 버스를 타고 그렇게
그 길을 다시 돌아왔습니다.

망해사에 갈 때는 사랑하는 이와 함께 가십시오. 꼭 시내버스를 타고……
18번 기사 아저씨가 넉넉한 웃음과 푸근한 사투리를 섞어가며
그 지역을 잘 안내해드릴 겁니다.
"다음부터 초행길이면 뒷좌석에 앉지 말고 내 옆에 앉아.
그러면 내가 가이드 잘 해줄텡게."
자, 지금 당장 출발하세요.

인어공주의 소원

부모의 나이는 반드시 기억하고 있어야 한다.
한편으로는 오래 사신 것을 기뻐하고
또 한편으로는 나이 많은 것을 걱정해야 한다.

−논어

인어공주를 보았습니다.
믿기 어렵겠지만 두 눈으로 똑바로 인어공주를 보았습니다.
상반신은 사람의 모습이었고 하반신은 분명 물고기의 형체였습니다.
그런데 이상하게도 그 인어공주의 하반신에는 비늘이 없었습니다.
더군다나 피부가 검은색이었습니다.
그 인어공주와 잠깐 이야기도 해봤습니다.
"인어공주님, 너무 깊은 곳까지 잠수하는 게 아닌가요?
수면 위로 올라올 때 거칠게 숨을 몰아쉬는 모습이 안쓰럽네요."
인어공주는 고개를 세차게 내저었습니다.
"그런 소리마세요. 전 아무렇지도 않아요. 저 안에 희망이 있거든요.
아무쪼록 바닷물이 하루 빨리 따뜻해졌으면 좋겠네요."

인어공주는 큰 숨을 들어 마시고는 다시 깊은 바다 속으로 들어갔습니다.

그리고 잠시 후 인어공주는 참을 수 없는 호흡 끝자락에서

미역, 김, 다시마, 톳 등을 들고 다시 수면 위로 떠올랐습니다.

인어공주에게는 소원이 하나 있다더군요.

도시로 유학 간 막내아들이 공부 마치고 장가갈 때까지

물질을 계속할 수 있도록

부디 좀 더 호흡이 길었으면 하는 그것입니다.

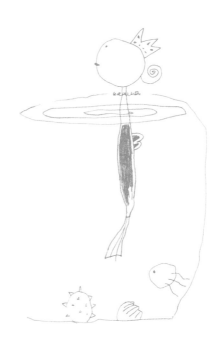

사랑이 그리운 날

서로 남모르는 한 남자와 한 여자가 만나
짧은 시간 나눈 사랑의 깊이가
이토록 깊고 크고 감당하기 벅찬 것일 줄은 몰랐다.

－영화 〈편지〉

편지에는 향기가 있습니다.
사랑의 향기, 진실의 향기, 감사의 향기 그리고 사람의 향기…….
편지를 쓰는 사람과 편지를 받는 사람에게선 그들만의 향기가 느껴집니다.
밤을 꼬박 밝혔음에도 불구하고,
정작 하고자 했던 말은 감히 쓰지도 못하고,
그저 잘 지내느냐고 안부만 물었던 볼품없는 편지.
그 어설픈 편지를 받았음에 불구하고,
다 안다고,
말하지 못한 마음까지도 다 헤아렸다는 듯
감격하고 감사하여 읽고 또 읽고 그리고 눈물까지 글썽거리는,
둘만의 향기를 흔히 사랑이라고 말들 합니다.

당신에게도 향기가 아직 남아 있는 편지가 있는지요?
뒤돌아가는 당신을 불러 세워
당신의 손바닥 위에 우표도 없는 쪽지 편지를 살짝 올려놓고
뭐가 그리 바빴던지 냅다, 뜀박질을 하던 그 수줍은 아이가 있는지요?

지금 부엌에서는
보리차가 끓고 있습니다
보리차가 주전자를 들었다 났다 합니다
문틈으로 들어온
보리차 냄새가 편지지 위에서
만년필을 흔들어 댑니다.
'사랑합니다' 란 글자,
결국 이 한 글자 쓰려고 보리차는 그 뜨거움을 참았나봅니다

그렇습니다. 편지는 사랑입니다, 수줍음입니다.
그물로도 잡아올릴 수 없는 깊은 마음입니다.
오늘은 그리운 사람을 위해
방바닥에 엎드려 끙끙거리며 편지 한 장 써보는 게 어떨까요?
방 안이 온통 구겨진 편지지로 가득 찬다 해도 개의치마세요.
그리고 답장을 부탁한다는 추신대신
편지봉투 안에 우표 한 장을 더 넣어 보내는 건 어떨까요?
편지를 보낸다는 것 그리고 편지를 기다린다는 것,
이 모든 일은 분명 가슴 설레는 행복입니다.

혼자 떠나기

자기와 다른 사람을 개선하려고
떠나는 자는 철학자이지만
호기심이란 맹목적인 충동에 사로잡혀
떠나는 자는 방랑자에 불과하다.

－고올드 스미스

홀로 길을 떠난 적이 있었습니다.
밤기차를 타고 버스를 타고 그리고 해남 땅끝 마을에서 다시
배를 타고 한 40여 분을 더 아래로 내려갔습니다.
바닷바람은 참으로 차가웠지만 그래도 마음만은 행복했습니다.
우리가 살면서 바닷바람을 맞는 일이 과연 며칠이나 될까요?
행복은 늘 이처럼 일탈 속에서 오는 것입니다.
물론 잠깐의 일탈이지만……
오랜 시간을 걸려 도착한 곳은 '보길도' 라는 아담한 섬이었습니다.
갈매기가 있고 자갈이 있고 자취방 같은 민박집도 있었습니다.
그곳에서 남도의 바다냄새를 맡으며 그렇게 첫 날밤을 맞았습니다.

밤새도록 백사장을 거닐고 싶었고
갈매기 다리에 쪽지 편지를 보내고도 싶었지만 문득,
섬처럼 혼자라는 생각이 들어
방구석에 오도카니 앉아 천장만 멍하니 바라봐야 했습니다.

혼자 여행을 간다는 것,
그것도 섬을 혼자 찾아간다는 것,
그건 일상에서 벗어나 여행을 즐긴다는 기쁨보다도
내 곁에 누군가가 없다는 서글픔이 먼저 찾아옵니다.
보길도의 아름다운 풍경 대신
외로움이라는 숨겨 두었던 병을 다시 얻어 왔을 뿐
혼자만의 여행은 나를 더욱 외로운 존재로 만들고 말았습니다.
'다시는 혼자 여행을 떠나지 않으리라.'
무슨 객기로 혼자만의 여행을 맘먹었던지
도무지 내 행동이 후회스럽기만 했습니다.

곧 겨울이 눈앞에 있습니다.
그 겨울에 분명 나는 또 어디론가 떠날 것입니다.
그렇다고 누군가와 함께 가겠다는 마음은 아직까지는 없습니다.
혼자만의 여행,
그 아득한 외로움 속으로 또 멀어져 갈 것입니다.
가끔씩 철저히 혼자라는 걸 뼈저리게 느끼게 만드는 혼자만의 여행.
그 여행을 어느새 나는 짝사랑하게 됐나봅니다.

낯선 세상의 주인공, 나!

새는 알을 깨고 나온다.
알은 새의 세계다.
그러므로 태어나려는 자는
한 세계를 파괴하지 않으면 안된다.
－헤르만 헤세

내게 있어 절대적으로 일어날 수 없는 일들이 몇 개 있습니다.
가령,
내가 무대 중앙으로 나가
머리를 미친 듯이 흔들어 대며 테크노 춤을 춘다든지,
아니면 머리카락을 한 올도 빠짐없이 노랗게 염색 한다든지,
그것도 아니면 사람이 북적거리는 거리 한복판에서
사랑하는 이와 뜨겁게 포옹을 하는 것이 바로 그것입니다.
이런 일들은 전혀 나와 상관없게 느껴집니다.
왠지 나에겐 어울리지 않는 행동이라는 생각 때문인지
춤추는 걸 이 세상에서 제일 꺼려하고,

머리 염색 한 아이들을 보면 삐딱하게 그들을 쳐다보게 되고,
가깝게 붙어 다니는 연인들을 길거리에서 보게 되면
이내 눈살을 찌푸리게 됩니다.
그러나 요즘 제게도, 삶에도 다양한 모습이 있다는 걸 느낍니다.
그렇습니다.
도저히 일어날 수 없는 일들이 일어나고 있기 때문입니다.
며칠 전에 후배들에게 끌려가다시피 간 클럽에서
나는 음악에 맞춰 머리를 흔들어 댔습니다.
어찌나 어색하고 쑥스럽던지 몸 둘 바를 몰랐습니다.
그건 내 인생에 있어서 일생일대의 큰 사건이었습니다.
'아! 나도 클럽에 갔었다!'
그리고 내침 김에 큰 용기를 내어 미장원에 갔습니다.
머리에 염색을 했던 것이지요.
염색약이 서서히 흘러 두피까지 닿을 때의 그 촉감이 어찌나 설레든지
계속해서 침만 꿀꺽꿀꺽 삼켰습니다.
몇 시간이 지난 후 들여다 본
거울 속 내 얼굴은 참으로 밝아져 있었습니다.
왜 그리 행복하든지,
염색을 한 내 자신이 너무나 자랑스러웠습니다.
춤과 염색, 그리고 자기표현을 자신 있게 하는 사랑.
내게는 전혀 어울리지 않을 거라 생각하며 살아왔습니다.
그러나 그게 아니었던가봅니다.
내 스스로가 내 자신을 고정관념의 틀에 가두었을 뿐,

누구다 다 할 수 있는 일이었습니다.

낯선 세상과 맞닥뜨릴 때 누구나 두려움을 먼저 느낍니다.

시골에서 도시로의 상경,

중학교에서 고등학교로의 진학,

처음으로 육지를 벗어난 제주도 수학여행,

부모와의 짧은 이별을 해야 하는 군대,

새로운 인연과의 만남,

그리고 수많은 세상 사람들과의 이해관계……

이처럼 세상살이는

낯설음이라는 거대한 두려움과의 끊임없는 악수입니다.

그렇다고 세상과의 만남이 다 두려움으로 가득 찬 건 아닙니다.

그 안에는 또 다른 삶이란 소중한 가치가 꿈틀거리고 있습니다.

우리에게는 어떤 상황이든 참으로 대견하게 견딜 수 있는 힘이 있습니다.

신은 인간에게

자신이 극복하고 이겨낼 수 있는 만큼의 고통만 주기 때문입니다.

우리가 접하게 될 낯선 세상은

이미 다른 사람이 거뜬히 극복한 세상입니다.

내일의 태양을 맞이하기 위해서

오늘 밤의 고독과 눈물을 이겨내야 하듯

삶은 극복과 환희로 된 긴 드라마입니다.

원하든, 원하지 않든 당신은 내일 당장 새로운 세상과 만날지도 모릅니다.

낯선 세상 앞에 더이상 머뭇거려서는 안됩니다.

누구나 두렵기는 다 마찬가지입니다.
먼저 그 세상의 주인이 되십시오.
세상엔 주인이 없습니다.
주인이고자 하는 자가 바로 세상의 주인이기 때문입니다.

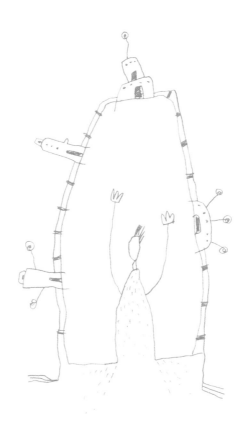

사랑을 주는 연습

하늘과 땅은 영원하다.
그것들은 자신만을 위해서 존재하지 않기에 영원한 것이다.
이와 마찬가지로 진실로 거룩한 사람은
자신만을 위해 살지 않는다.
따라서 그는 영원할 것이며 어떤 것이든 이룰 수 있다.
－노자

어느 눈 먼 소녀가 연을 날리고 있었습니다.
연은 바람을 타고 하늘 높이 날아갔습니다.
지나가는 노인이 소녀에게 다가와 물었습니다.
"너는 왜 연을 날리니? 아무것도 볼 수 있는데."
소녀는 배시시 웃으며 입을 열었습니다.
"비록 나는 볼 수 없지만
다른 사람들이 내 연을 보면 참으로 기뻐할 거예요."

당신은 여태 살면서

다른 이에게 진정으로 마음 한 조각을 내놓으신 적이 있는지요?

돌이켜보면 그렇게 살아왔던 날이 그리 많지 않습니다.

부끄러워 자꾸 고개가 숙여집니다.

군 복무 중 있었던 일입니다.

장애인 복지관에 봉사활동을 간 적이 있었습니다.

그런데,

처음 대면하는 장애인들이라서 어찌나 혐오스럽게 느껴지던지,

저는 그들이 다가오는 것을 무척 꺼려했습니다.

피하고 도망가고 끝내는 마지못해 웃어주었습니다.

돌아오는 길에 참으로 괴로웠습니다.

내 자신이 부끄러웠습니다.

왜 그랬을까?

그렇습니다.

내 안에 사랑이 없던 탓이었습니다.

그들이 내 마음 안으로 들어오기에는

내 사랑이 너무나 부족한 탓이었습니다.

사랑이라는 것,

준다는 것,

아무것도 아니라고 생각했는데 그게 아니라는 걸 알았습니다.

연습이 필요했던 것입니다.

사랑을 주는 연습,

이제 그 연습을 자주 해야겠습니다.

모든 것에 감사하기

현재 자기에게 주어진 환경을 늘 고맙게 생각해야 하며
결코 세상이나 남을 원망하지 마라.

-알랭

어느 날,
두 아기 천사가 큰 바구니를 하나씩 들고 아래 세상으로 내려왔습니다.
"와, 참으로 아름답다. 저기 꽃도 있고 나무도 있고 넓은 호수도 있어."
"그래, 하늘나라처럼 이곳도 참으로 아름다워."
두 아기 천사는 여기저기 돌아다니며 아래 세상을 실컷 구경했습니다.
구경하는 내내 행복했고 즐거웠습니다.
"이제 맘껏 구경했으니까 우리 할 일을 해야지."
"그래, 좋아."
한 아기 천사는 큰 바구니에 사람들의 소원을 담기로 했습니다.
그리고 다른 아기 천사는
큰 바구니에 찬송과 감사 기도를 담기로 했습니다.
둘은 흩어져서 그 일을 시작 했습니다.

사람들의 소원을 담기로 한 아기 천사는
마을 몇 군데를 돌았을 뿐인데 이미 큰 바구니를 꽉 채울 수 있었습니다.
그러나 찬송과 감사 기도를 담는 바구니는
세상을 다 돌고 돌아도 채울 수 없었습니다.
"어떡하지? 나는 다 못 채웠는데."
"어쩔 수 없어. 그냥 가자. 네 바구니를 다 채우려면 우리가 늙어 죽겠다."
결국, 아기 천사들은
소원을 담은 바구니만 가득 채운 채 하늘나라로 다시 올라갔습니다.

우리는 항상 뭔가를 바라기만 했던 것 같습니다.
다른 사람들이 가진 만큼 소유하기를 바라기만 했지요.
힘들고 괴롭고 지칠 때만 두 손 모아 기도했지요.
나무와 얘기를 하는 것,
숲길을 걷는 일,
새의 노래를 듣는 일,
별이 그리움을 대신해줬던 일 그리고
매 순간 호흡하고 사랑할 수 있었던 일…….
이 소중한 모든 것들에 대해서
우리는 단 한 번이라도 진심 어린 마음으로 감사할 줄 몰랐지요.
지금껏 그렇게 살아왔지요.
반성해야겠습니다.
모든 것을 다 감사하는 마음으로 살아야겠습니다.
일할 수 있다는 사실,

숨을 쉬고 있다는 사실,
그리고 감사할 줄 아는 마음을
이제라도 깨달았다는 사실까지도
감사하며 살아야겠습니다.

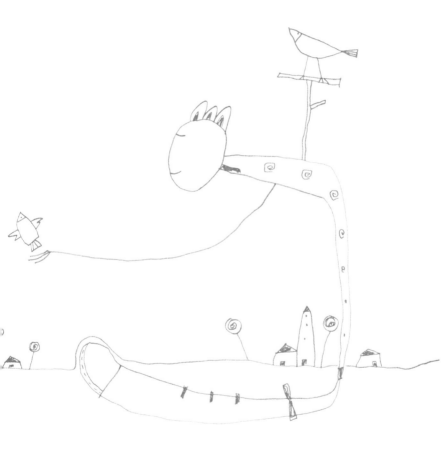

인생이라는 영화의 주인공

행복을 즐겨야 할 시간은 지금이다.
행복을 즐겨야 할 장소는 여기다.

－로버트 인젤솔

하루에도 열 번 넘게 죽는 사람이 있습니다.
그는 이른 새벽에 나와 관광버스를 탑니다.
아침은 남한산성 중턱에서 쪼그려 앉아 국밥을 먹습니다.
밥값을 하기 위해 그는 또 죽습니다.
그래도 이번에는 꽤 괜찮은 편입니다.
"이럴 순 없습니다."라는 대사 한 마디가 있기 때문입니다.
어제는 밤새도록
"이럴 순 없습니다." "이럴 순 없습니다."를
수도 없이 거울 앞에서 연습했습니다.
그러나 그건 연습일 뿐.
오늘도 카메라는 그를 담지 않고 넘어가고 맙니다.
벌써 하루 해가 지고 있습니다.

그러나 그는 자리를 뜰 수 없습니다.

상황에 따라 그는 또 죽어야 하기에…….

그리고 또 이미 죽은 시체 노릇을 해야 하기 때문입니다.

죽기 위해, 그는 벌써 15시간을 기다립니다.

죽기도 참으로 힘이 듭니다.

우리는 흔히 그를 엑스트라라고 부릅니다.

병사1, 병사2, 백성1, 시체5…….

수많은 삶을 단숨에 살고 죽는 그.

그렇다고 우리는 그의 삶 자체를 엑스트라 인생이라 말할 수 없습니다.

그도 그 자신의 삶에 있어서는 분명 주인공일 것입니다.

카메라가 그의 삶을 잡아내지 못하고 스쳐 지나치고 있을 뿐

아침부터 저녁까지 그의 영화는 계속되고 있습니다.

여러분의 하루도 마찬가지입니다.

자신의 삶이라는 영화 속에서

주인공과 엑스트라 그리고 감독과 대본,

이 모든 것을 담당하는 이는 바로 여러분 자신입니다.

여러분은 지금 어떤 영화를 찍고 있습니까?

감동과 재미 그리고 눈물이 함께 하는 영화 한 편 부탁드립니다.

혹여, 당신의 영화 속에서 엑스트라가 필요하시다면

저는 어떨는지…….

가장 아름다운 사랑

이제 두 사람은 비를 맞지 않으리라.
서로가 서로에게 지붕이 되어 줄 테니까.
이제 두 사람은 춥지 않으리라.
서로가 서로에게 따뜻함이 될 테니까

    - 무명씨

근사한 카페에서 젊은 연인들이 마시는 커피보다
당신이 자판기에서 뽑아준 커피가 더 향기롭습니다.
술자리에서 피우는 담배보다
식사 후에 당신이 건네는 냉수 한 잔이 더 맛있습니다.
모피코트를 입은 사모님보다
무릎이 툭 튀어나온 트레이닝복을 입은 당신이 더 아름답습니다.
갈비찜을 잘 만드는 일류 요리사보다
라면을 푸짐하게 끓이는 당신이 더 위대합니다.
허리가 으스러지도록 껴안는 젊은 연인보다
오늘 하루도 수고하라며 도시락을 내미는 당신의 손이 더 뜨겁습니다.

사랑한다는 말을 값싸게 내뱉는 일회용 사랑보다
늘 머리를 긁적이며 미소를 짓는 당신이 더 영원합니다.
괜찮다, 이 정도는 괜찮다, 하면서
결국엔 응급실로 실려간 당신의 고집이 더 감사합니다.
낡을 대로 낡은 청바지를 입다가 그만 찢어졌는데도
요즘은 찢어진 청바지가 유행이라며 피식, 웃고 마는
당신의 가난이 더 위대합니다.

세상에서 가장 아름다운 사랑은
바로 나와 함께 늙어가는 소중한 당신입니다.

작은 것에서 행복 찾기

행복은 바람둥이와 같아서
언제나 같은 장소에 머물줄 모른다.

－하이네

자장면 한 그릇을 가운데 놓고 서로 젓가락을 권했던 시절,
감기약도 반절씩 나누고 차비가 모자라면
"난 원래 걷는 게 좋아."라며 몇 킬로미터도 함께 걸었던 시절,
그 시절을 우리는 순수라 말합니다.
괜스레 길섶에 떨어진 은행잎 한 장을 시집에 끼워 두고 싶고,
버스 창가에 내려앉은 뿌연 먼지도 낭만적으로 보이며,
중년 부부가 팔짱을 끼고 다니는 모습에 아무 말 없이 부러워했던 시절,
그 시절을 우리는 추억이라 말합니다.
일상에 지치고 힘이 들 때
그 시절을 추출하면 괜히 입가에 웃음이 머뭅니다.
내가 전부라 했던 아이,
지칠 줄 모르는 내 사랑 때문에

오히려 자신의 사랑이 게을러졌다며 투정을 부리던 아이,
문득,
흑백필름처럼 한 아이가 그리워집니다.

그렇습니다.
추억은 다시 오지 않기에 아름다운 것입니다.
학교 운동장 낡은 철봉에
길쭉하게 매달려 헛바닥 같은 해님을 바라보던 그 아늑한 시절,
왜 이제 그 하찮고 사소한 것들이 감당할 수 없는 거대함으로 다가오는지.
아,
어린 나에게 훌쩍 커버린 내가 그저 미안할 따름입니다.

작은 것에서 행복을 느끼고,
지난 간 것에 대해 추억을 느끼고,
앞으로 다가올 것에 대해 기대하며 사는 것,
그게 인생의 참맛입니다.
행복은 멀리서 찾을 필요가 없습니다.
행복은 늘 가까이 있으며, 행복은 만들어 가는 것입니다.
나 아닌 다른 것들에게 관심을 기울이는 것,
언제나 같은 시선과 같은 느낌이 아닌
약간은 비스듬하고 조금은 다른 감성으로 세상을 바라보는 것,
그것이 행복을 증폭시키는 길입니다.
사람은 누구나 발가락 방향으로만 걷기 마련입니다.

하지만 그 거침없는 속도는

'삶의 여유'라는 단어를 일상으로부터 빼앗아가고 맙니다.

행복은 여유로운 마음으로부터 오는 것입니다.

발가락을 접고 잠시 허리를 숙여 대지 가까이 귀를 기울여보십시오.

지구를 조금씩 조금씩 옮기는 개미의 행렬을 만날 것이고,

바람 3중주의 선율에 맞춰

감미로운 노래를 부르는 민들레의 합창소리도 들을 수 있고,

꽃향기에 취해

대낮부터 흔들거리는 나비의 날갯짓도 만날 수 있을 것입니다.

그리고 서로의 간격을 좁히기 위해

밤마다 팔을 길게 뻗는 나무들의 그리움도 훔쳐볼 수 있을 겁니다.

작은 것을 사랑하고 작은 것에 눈 맞춰 주는 일,

그 관심이 당신에게 색다른 행복을 드릴 것입니다.

일상을 뛰어넘어 잠시,

이 세상의 배경이 되어보세요.

그것 또한 행복이 아니겠습니까.

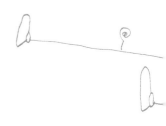

이별도 연습이 필요하다.

때때로 사랑은 기적처럼
아름다운 여정이며
용기 있는 모험입니다.

－영화 〈아름다운 비행〉

비행기가 코끝에 매달렸다면 믿으시겠습니까?
하루에도 수십 번 비행기는 내 콧날 위를 날아다닙니다.
가끔은 비행기의 방귀소리에 잠이 깨기도 하지만 그래도 행복합니다.
생전에 큰 잠자리를 이렇게 가까이서 본다는 건 상상도 못했기 때문입니다.

서울 공기를 마신지 벌써 여러 해가 지났습니다.
이제 서울 생활에 적응이 될 법도 한데
아직도 저는 낯선 섬에 버려진 맥주병 같습니다.
너무 오랫동안 한 곳에 머물러 있었나 봅니다.
문득, 내 고향 전주의 반 지하방이 생각납니다.
언제나 밤이었던

그러나 줄기차게 햇살 같은 꿈이 숨 쉬었던 방.
창틀에 아슬아슬 서 있던 메마른 선인장,
사람들의 무릎이 보이던 창문,
천장에 붙어있던 랭보의 시,
문고리에 걸려있던 색 바랜 은행잎,
한 구석에 너부러져 있던 자장면 그릇…….

그런 하찮은 것들과의 이별도 이다지 가슴 쓰린데
하물며 사랑하는 사람과 이별을 한다는 것!
더 이상 상상하지 않으렵니다.
요란한 굉음과 함께 또 코끝엔 비행기가 매달립니다.
오늘도 눈물 감추며 덤덤히 이별하는 사람들이 하늘 높이 날아갑니다.

존재의 이유, 자아 찾기

우리의 대부분은
아마도 자기가 살고 있는 도시 근교에서
삶의 의미를 찾을 수 있을 것이다.

―앤드류 매튜스

줄무늬 애벌레 한 마리가 세상에 태어났습니다.
줄무늬 애벌레는 어느 날, 문득
하루 종일 나뭇잎만 갉아먹는 자신이 싫었습니다.
"삶은 먹고 자라는 그 이상의 것이 분명 있을 거야."
줄무늬 애벌레는
그늘과 풍부한 양식을 제공해주던 나무의 곁을
과감히 떠나기로 결심했습니다.
나무에서 내려와 다른 곳으로 이동하는 길에
줄무늬 애벌레는 하늘로 높이 치솟은 거대한 기둥 하나를 만났습니다.
그 기둥의 정체는 다름 아닌 애벌레로 이루어진 탑이었습니다.
애벌레들은 서로 달라붙어 조금이라도 더 높게 오르려고

다른 친구들을 밟고 짓누르며 꼭대기에 오르려 발버둥을 쳤습니다.

줄무늬 애벌레도 그 대열에 끼었습니다.

"분명 저 꼭대기에는 내가 바라는 삶 이상의 것이 있을 거야."

줄무늬 애벌레도 다른 애벌레에 섞여 꼭대기를 향해 올라갔습니다.

이제 그에게 있어 다른 애벌레들은

친구이기 보다는 장애물에 불과했습니다.

꼭대기에 거는 막연한 기대만이 삶의 희망이라고 생각했던 그 어느 날,

줄무늬 애벌레는 늙은 애벌레를 만나게 됐습니다.

늙은 애벌레는 줄무늬 애벌레에게

"나비가 되기 위해서는 애벌레로서의 삶을 미련 없이 버려야 한다."고
말했습니다.

줄무늬 애벌레는 그 말을 듣고

나비가 되기 위해 꼭대기에 오르는 것을 그만 두었습니다.

줄무늬 애벌레는 마음 한켠에 새로운 세계에 대한 두려움은 생겼지만
나비가 된다는 믿음 하나로 희망을 품고 살았습니다.

결국,

줄무늬 애벌레는 자신의 모든 허물을 벗고

어여쁜 나비로 다시 태어났습니다.

이 이야기는 『꽃들에게 희망을』이란 동화에 나오는 이야기입니다.

그 때의 기억을 떠올려 보면

이 동화의 느낌은 참으로 징그럽다는 기억이 떠오릅니다.

애벌레 그림이 책 안에 수 백 마리도 넘게 있었기 때문이었죠.

어른이 돼, 지금 다시 이 동화를 접하니

'나는 지금 어디로 가고 있는가? 나는 왜 이 곳에 서성거리는가?' 라는

질문이 내 앞 길을 가로막는 듯합니다.

지금 내가 만든 내 길을 제대로 가고 있는지,

아니면 남이 가니까 나도 그 길을 아무 생각 없이 따라가는 것인지

잠시 눈 감아 생각해봅니다.

어쨌든 하루하루는 도전과 반성의 연속입니다.

새가 하늘을 날 수 있는 것도

자신을 감싸고 있던 알의 껍데기를 뚫고 나와야만 가능한 것처럼

당신도 이제 당신을 감싸고 있는

거대한 이 지구라는 알을 깨고 나올 수 있기를 바랍니다.

그리고 자신이 닦아 놓은 길을 자신의 의지로 내딛을 수 있기를…….

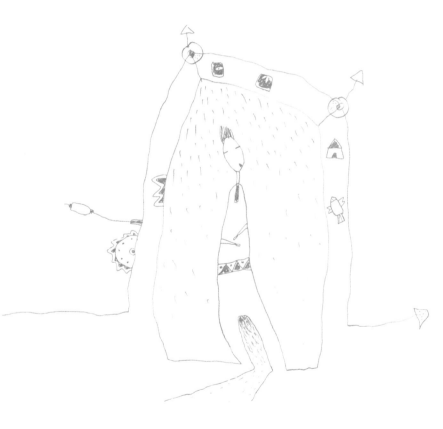

마음에 마음 담기

지금 내 심정은 바람 한 점 없는 뜨거운 사막 한가운데
당신을 내던지고 떠나온 것 같아 견딜 수가 없어.
변명 같지만, 사람은 누구나 스스로 건너야 할 자신만의
사막을 가지고 있는 거래.

－영화 〈편지〉

온 국민의 눈물샘을 자극했던 영화 〈편지〉가 생각납니다.
사랑과 이별의 이야기를 '편지'라는 매개체로
애틋하고 아름답게 펼친 한 폭의 수채화 같은 최루성 영화였지요.
주인공 국문과 대학원생 정인(최진실)과
임업연구소 연구원 환유(박신양)의 만남은 우연적인 운명입니다.
정인의 지갑을 환유가 찾아준 것을 계기로
서로 사랑하는 사이가 된 두 사람은
모든 사람들의 축복 속에서 결혼해 환유가 일하는 수목원 관사에
신혼의 보금자리를 꾸밉니다.
마음과 마음이 맞는 사람들이 산다는 것,

그것만큼 이 세상에 행복한 일은 없습니다.

행복한 신혼생활을 보내던 어느 날,

환유는 자신이 뇌종양에 걸린 사실을 알게 됩니다.

그는 죽음을 의연하게 받아들이며

자신이 죽고 나면 홀로 남을 아내 정인을 위해 편지를 씁니다.

환유가 세상을 떠나고 난 후

정인 앞으로 생전에 쓴 남편의 편지가 도착합니다.

편지는 한 통으로 끝나지 않고 계속해서 날아옵니다.

아내는 그 시공간을 초월한 편지를 읽으며 먼저 간 남편을 그리워합니다.

편지 한 통으로 이어진 영원한 사랑,

사랑은 그렇게 우리의 곁에 영원히 남아있습니다.

요즘 사람들은 통 편지 쓰기를 꺼려합니다.

이메일과 휴대폰 문자 메시지의 편리함에 길들여진 탓이지요.

밤새도록 설레는 마음으로 한 줄 한 줄 써 내려가지만

날이 새면 결국, 얼굴이 붉게 물들어 구겨 휴지통에 넣고 마는 그 안타까움.

그렇게 전하지 못한 편지는 차곡차곡 쌓여가고······.

하지만 그 시절만큼 순수하고 고귀한 기억은 없을 것입니다.

단 한 번도 사랑을 후련하게 전하진 못했지만

누군가를 그리워한다는 것만으로도 가슴 벅차 올랐던 시절,

그 아름다운 시절이 점점 사라지는 것 같기에 씁쓸합니다.

오늘 당장 사랑하는 이에게 편지 한 통 써보는 건 어떨까요?

먼 훗날,

다시 펼쳐 읽어도 당신의 아름다운 마음이 듬뿍 담긴······.

사랑 나누기

만약 너를 다시 만난다 해도 네 이름을 알지 못해.
하지만 상관없어.
내 마음은 변함없으니까.
널 영원히 사랑해.
진심을 다해 사랑해.

－영화 〈러브 어페어〉

어린 남매가 있었습니다.
오빠는 동생의 낡은 구두를 수선하러 갔다가 그만,
시장에서 구두를 잃어버리고 말았습니다.
그 사실을 안 여동생은 서럽게 울었습니다.
"내 구두를 잃어버리면 어떻게 해. 난 몰라!"
"미안해. 오빠가 정말로 미안해.
잠깐 한 눈을 파는 사이에 구두가 없어졌어."
"엄마한테 말할 거야."
"그건 안돼. 엄마, 아빠는 돈이 없잖아. 엄마를 힘들게 해선 안돼."

우는 동생에게 미안하다고 말하며 오빠는 부탁 하나를 했습니다.

"엄마, 아빠에게 구두를 잃어버린 사실을 비밀로 해줘."

그렇습니다.

어린 남매의 집은 너무도 가난해서 새 신발을 살 수 없었습니다.

여동생은 밤새 잠을 한숨도 이루지 못했습니다.

맨발로 학교에 갈 수 없었기 때문이었습니다.

다음 날 아침, 오빠는 동생에게 말했습니다.

"내 신발을 같이 신자."

"신발을 어떻게 같이 신을 수 있어?"

"너는 오전반이고 나는 오후반이니까 가능해.

네가 수업을 마치고 집에 오면

내가 그때 그 신발을 신고 학교에 가면 되잖아."

"아, 좋은 방법이다."

그렇게 해서 동생은

오전 수업이 끝나자마자 매일 같이 집을 향해 뛰었습니다.

오후 수업을 받을 오빠가 혹시라도 지각할까봐

그렇게 숨이 차도록 달렸던 것입니다.

남매는 같은 신발을 번갈아 신으며 매일 같이 뛰어서 학교를 다녔습니다.

그러던 어느 날,

동생은 학교에서 자기가 잃어버린 구두를 신고 있는 아이를 발견했습니다.

너무나 화가 나고 그 아이가 미웠습니다.

동생은

그 구두를 되돌려 받으려고 오빠와 함께 그 아이의 집을 찾아갔습니다.

그런데 아이에게 안타까운 일이 있었습니다.

그 아이에겐 앞을 볼 수 없는 시각 장애인인 아빠가 있었던 것입니다.

"오빠, 저 아이의 아빠는 앞을 못 보시나 봐."

"그러네. 우리 그냥 가자."

"왜? 내 구두는 어떻게 하고……."

"내 신발이 있잖아.

그리고 좀 불편해도 우리에게는 튼튼한 다리가 있잖아."

"그래, 좋아. 오빠."

그 아이와 앞을 못 보는 아빠의 모습을 멀리서 바라본 남매는

그냥 뒤돌아서 집으로 돌아오고 말았습니다.

낡은 구두지만 우리보다 더 불우한 이웃이 그걸로 인해 행복하다면

그것으로도 충분하다는 생각이 들었던 것이다.

오늘도 남매는 부지런히 뛰어서 학교에 다닐 것입니다.

신발 하나로 둘이서 번갈아가며 신고 있지만

서로 사랑하고 의지하며

이웃도 하나의 공동체라는 의미를 몸소 느끼며

살아가기에 전혀 불편하지 않을 것입니다.

어느 봄날의 회상

누구의 삶이나 문제가 있기 마련이지.
하지만 생각해봐요.
삶의 즐거움을,
막 떠오르는 태양의 아름다움을,
맑은 샘물의 청량함 그리고 달콤한 체리의 향기를……
　　　　　　　　　　　　　－영화 〈체리향기〉

따스한 기운이 물씬 풍기는 날씨입니다. 이제 분명 봄인가 봅니다.
봄은 봄이라는 말 안에 있다고 했던가요.
그렇게 고집을 피우고 어떤 것에게도 양보하지 않을 것 같던
맹렬한 추위도 끝내는 봄의 판타지 앞에 무릎을 꿇고 말았습니다.
꽃들은 춤추듯 제 색깔을 찾아가고,
하늘은 시퍼렇게 멍이 든 것처럼 퍼렇게 물들어갑니다.
오랜 만에 전망 좋은 카페에 앉아 있습니다.
계절과 계절 사이에서 참으로 오랜 만에 느껴 보는 여유입니다.
뭐가 그렇게도 내 청춘을 숨을 몰아쉬며 앞으로만 달려나가게 했는지……

필경, 발가락이 앞으로 향해 있기 때문만은 아닐 것인데 말입니다.

급할 것 없는 삶이건만 늘 모든 일에 조급함이 지배합니다.

인생은 마라톤이라 했는데,

몇 발자국 남보다 앞서는 게 전부는 아닌데…….

이제 내 호흡에 맞는 속도로 살아야겠습니다.

봄도 느끼고 커피향도 세상 사람들에게 나눠주며 그렇게 조금은 늦게.

창밖으로 보이는 나무와 사람들 그리고

톡톡 뛰어다니는 아이들의 웃음소리에 나만의 진한 커피향을 전합니다.

내 마음을 몰래 준다는 것 그것만큼 설레고 아름다운 건 없을 테지요.

스쳐 지나가는 모든 이들에게

헤이즐넛 향이 풍기는 봄이 느껴졌으면 하는 맑은 날입니다.

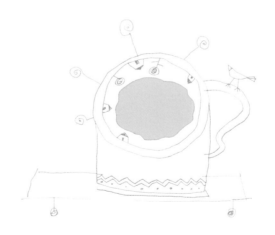

큰 나무 작은 나무

천하의 모든 물건 중에서 내 몸보다 더 소중한 건 없다.
그런데 이 몸은 부모가 주신 것이다.

－이이

이른 새벽녘에 잠이 깨어 아파트 경비를 하시는 아버지를 찾아갔습니다.
운동삼아 왔다고 하니,
아버지께서 왜 이 먼 곳까지 왔느냐,며
선반 위에서 음료수 하나를 꺼내 내미셨습니다.
아침햇살이 밝아오자 근무 교대자가 왔습니다.
근무 교대자는 눈으로 내가 누구인지 아버지에게 물었습니다.
"참 잘 생겼지? 내 아들 놈이야."
자전거 뒷자리에 아버지를 태우고 돌아오는 길,
겨울바람이 거세게 불어왔습니다.
하지만 거짓말 하나도 보태지 않고 정말 하나도 춥지 않았습니다.
아버지의 따스함이 등을 뚫고 내 가슴까지 밀려왔기 때문입니다.

말레이시아에는 '내 나무'라는 풍습이 있다고 합니다.
태어난 아이를 위해
부모님이 그 아이의 몫으로 나무 한 그루를 정원에 심는 것이
바로 그것입니다.
나무처럼 굳고 정직하게 자라길 바라는 부모님의 마음인 것이지요.

나는 아직도 아버지 앞에선 작은 나무입니다.
아니,
영원히 작은 나무로 그대로 남을지도 모릅니다.
나는 철없는 어른입니다.
그 분의 온기를 아직도 받길 원하는
나는 작은 나무입니다.
결코 자라고 싶지 않은…….

멀리서 바라보기

멀리 떨어져 있어도 서로 같은 생각을 하고 있다면
그건 함께 있는 것과 마찬가지야.

– 영화 〈해피 투게더〉

선인장을 한문으로는 쓰면 '仙人掌' 즉,
'도를 닦는 사람의 손바닥'이라는 뜻입니다.
이 뜻에서 알 수 있듯 선인장이라는 이름에는
'견딤'과 '영원함'이란 뜻이 담겨져 있습니다.
영하 5도의 혹한과 45도의 불볕더위,
더군다나 사막과 같은 척박한 땅에서도 뿌리를 내리고
작은 그늘과 꽃을 만들어 내는 그 위대한 생명력은
가히, 놀라운 일이 아닐 수 없습니다.

사랑하는 사람에게 선인장을 선물해보세요.
그것은 가시도 꽃을 피울 수 있듯,
어렵고 힘든 사랑일지라도

꿋꿋하게 일어나 열렬히 다시 사랑하자는 의미입니다.
사막을 지나가는 바람이
선인장 그늘에서 잠시 쉬어갈 수 있게
나와 내가 아닌 다른 이들에게 더 큰 사랑을 베풀자는 의미입니다.
물을 많이 주면 오히려 뿌리가 썩듯
때론 사랑도 모른 척 가만히 지켜봐주자는 의미이기도 합니다.

몇 해 전에 선물로 받았던 손바닥만 한 선인장 하나,
아직도 그 선인장은 창틀에 서서 오가는 바람을 주워 먹고 있습니다.
그는 떠나갔지만 선인장은 혼자서도 잘 지내고 있습니다.
예전에 당신 앞에서 숨긴 내 눈물을 오늘은 선인장에게 바칩니다.

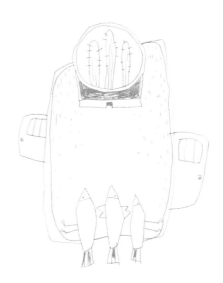

금붕어의 눈물

우리는 만날 때마다 말을 교환한다고 하지만,
우리가 주고받는 것은 사실 영혼이다.

－영화 〈소울맨〉

눈물짓지 마라 금붕어야.
얼마나 큰 상처를 가졌길래, 늘 눈물을 달고 사는 거냐.
넌 울지 않았다고 내게 눈으로 말하지만
그러나 난 예전부터 다 알고 있었다.
어항에 담긴 물이 전부 네 눈물이라는 사실을,
물을 갈아주지 않아도 어항물이 깨끗했던 이유는
바로 네 눈물로 그 어항 안의 물을 깨끗이 정화시켰다는 것을……

금붕어가 눈물을 흘리는 걸 보신 적이 있나요?
물속에 언제나 그 눈물을 담고 살아가기에
금붕어의 눈물을 볼 수 없을 뿐입니다.
어느 날,

유독 물소리가 거칠어서 어항 안을 들여다보았지요.

한참을 들여다보니

글쎄 금붕어의 눈에서

반짝이는 보석 같은 눈물 한 방울이 흐르는 것이었습니다.

그 눈물을 보고, 순간 깨닫고 말았습니다.

금붕어도 사랑을 한다는 사실을,

그리고 이별의 아픔도 가슴에 지닌다는 사실을……

늘 함께 했던 금붕어 한 마리가 죽었던 것입니다.

아마도 그렇게 비좁았던 어항 속도 홀로 남은 금붕어에겐

참으로 넓게 느껴졌던 모양입니다.

함께 했던 이를 떠나보낸다는 것

그것이 어찌 사람의 일이라고만 할 수 있겠습니까?

말을 하지 못할 뿐, 그들은 말보다 더 큰 영혼을 나누고 있었던 것입니다.

엄마 엄마 우리 엄마

어머니가 아버지보다
자식에 대해 더 깊은 애정을 갖는 이유는
어머니는 자식을 낳을 때의 고통을 겪기 때문에
자식이란 절대적으로 자기 것이라는 마음이
아버지 보다 강하기 때문이다.

－아리스토텔레스

곱추 엄마는 막내딸이 학교를 가고 난 뒤에
막내딸이 도시락을 놓고 갔다는 사실을 알았습니다.
엄마는 깊은 고민에 빠졌습니다.
'어떡하지?'
이 도시락을 갖고 학교에 간다면
분명 엄마가 곱추라는 사실 때문에
딸이 다른 아이들에게 놀림을 받을 게 뻔했습니다.
그렇다고 딸을 굶길 수도 없는 노릇이었습니다.
엄마는 오랜 고민 끝에 도시락을 갖다 주기로 했습니다.

점심을 굶을 딸을 생각하니 가만히 있을 수 없었던 것입니다.
엄마는 도시락을 들고 기우뚱거리며 학교로 향했습니다.
학교로 가는 엄마의 발걸음은 참으로 무거웠습니다.
'그냥 이대로 돌아갈까? 괜히 나 때문에 딸이 곤란해지면 안되는데.'
'아니야, 그렇다고 딸을 굶길 순 없지.'
오직 딸만을 걱정하며 걷다보니, 어느덧 학교에 도착했습니다.

만약 당신이 이 곱추 엄마의 딸이었다면 어떤 반응을 보이겠습니까?
학교에 찾아 온 엄마를 외면하시겠습니까,
아니면 당당히 엄마라고 부르겠습니까?
예전에 나 역시 어머니를 외면한 적이 있었습니다.
어머니의 모습이 초라해서도 아니고
그렇다고 제가 잘못을 해서 어머니가 학교에 찾아온 것도 아닌데
왠지 그냥,
학교에 찾아오신 어머니가 그리 반갑지만은 않았습니다.
대부분의 학생들이 아마도 같은 마음일 겁니다.
엄마가 학교에 온다는 것,
그것이 그 때는 왜 그리도 싫었던지.

우리는 언제부턴가 어머니라는 소중한 존재를
가볍게 생각하는 경향이 있습니다.
늘 아낌없고 한없이 퍼주는 사랑을 당연시 받아들이기에
우리는 어머니에게 감사해야 할 이유마저도 잊고 살아갑니다.

생명의 근원이며 사랑의 뿌리는 바로 어머니입니다.
언젠가는 어머니라는 말 한 마디에 눈물을 한없이 흘릴 때가 있을 겁니다.
어떤 모습으로든 이 세상 같은 하늘 아래서 어머니와 함께 살아간다는 것,
그 이유만으로도 감사할 일입니다.
모든 사람들이 다 우리를 배신한다 해도
언제나 우리 편에 서서 미소 지어주는 사람.
바로 이 세상에 단 한 분뿐인
어머니입니다.

사랑은 기적을 낳는다

따르릉.

따르릉.

어느 밤,

깊은 고요를 깨는 한 통의 전화가 울렸다.

다나는 커피 잔을 테이블 위에 내려놓고 전화기가 있는 쪽으로 걸어갔다.

수화기를 들고 부드러운 목소리로 말했다.

"여보세요, 누구시죠?"

"여기 병원입니다."

"예? 병원이요?"

"예."

"그런데 이 늦은 밤에 무슨 일이죠?"

왠지 불길한 느낌이 들었다. 순간, 다나의 목소리가 떨렸다.

"호 호 호 혹시, 우리 남편에게 무슨 일이라도 있나요?"

"예, 그렇습니다, 부인. 슈퍼맨께서….."

"도 도 도대체, 무슨 일이죠?"

"남편 분인 크리스토퍼께서 지금 위독하십니다.

그러니 빨리 병원으로 오십시오."

다나는 믿을 수 없다는 듯 고개를 내저으며 다급하게 말했다.

"위 위독하다니요. 그게 무슨 말씀이세요. 그럴리 없어요.
오늘 아침, 집에서 나갈 때만 해도 멀쩡했는데 위독하다니⋯⋯."

"사고입니다. 자세한 건 병원에 오셔서 들으세요. 최대한 빨리 오세요.
어쩌면 마지막 일 수도⋯⋯."

수화기를 내려놓자마자,

다나는 대충 옷을 주워 입고 자동차를 몰고 병원으로 향했다.

병원으로 가는 내내,

다나는 차안에서 눈물을 흘리며 이성을 잃은 듯 소리쳤다.

'믿을 수 없어! 그럴 리 없어! 제발! 제발!'

다나가 병원에 도착하자 이미 병원 현관은

방송사와 신문사 기자들로 가득했다.

유명한 영화배우가 사고를 당했다는 소식에

수많은 기자들이 몰려온 것이다.

다나의 남편은 바로 영화 『슈퍼맨』에 출연한 세계적인 배우,

크리스토퍼였다.

기자들이 많이 모인 걸로 봐서

남편의 상태가 그리 좋지 않다는 걸 짐작할 수 있었다.

"좀 비켜주세요. 비키란 말이에요!"

다나는 사람들을 밀쳐내며 응급실로 향했다.

응급실로 가는 그 짧은 시간 동안

다나는 마음속으로 수 백, 수 천 번 기도를 했다.

"하느님, 도와주세요. 제발 제 남편을 보살펴주세요."

응급실에 도착한 다나는 남편의 모습을 보자마자 입을 다물지 못했다.
다나의 간절한 바람과는 달리
크리스토퍼는 처참한 모습이었기 때문이었다.
"의사 선생님, 우리 남편 왜 이렇죠? 어떻게 된 거죠?"
의사는 어두운 표정을 짓더니 머뭇거렸다.
"선생님, 말씀해주세요. 저희 남편은 앞으로 어떻게 되는 거죠?"
"승마를 하다가 그만 떨어졌습니다.
지금 남편 분께서는 의식이 없는 상태입니다.
설령, 의식이 돌아온다고 해도 정상적인 생활은 불가능할 것 같습니다."
의사의 말을 들은 다나는 그 자리에 주저앉고 말았다.
"세상에, 세상에 이럴 수가……."

며칠 후,
크리스토퍼는 가까스로 의식을 회복했다.
"여보, 정신이 좀 드세요?"
"………."
"여보, 저예요."
그 후,
며칠이 더 지났지만 크리스토퍼는 제대로 말을 하지 못한 채
알아들을 수 없는 외마디 소리만 내뱉었다.
"으으~윽, 으으~윽."
다나는 당황스러운 표정으로 옆에 있던 의사에게 물었다.
"우리 남편이 왜 저렇죠? 왜 제대로 말도 못하고 일어서지도 못하죠?"

"부인, 저희로서는 어쩔 수 없습니다.

낙마사고로 인해 경추가 부러지는 바람에 전신마비가 왔습니다.

몸을 자기 뜻대로 움직일 수 없고 말도 어눌할 것입니다."

다나는 충격에 빠졌고, 크리스토퍼 역시 자신의 몸 상태를 인식하자마자 끝

없는 절망의 낭떠러지로 떨어지고 말았다.

크리스토퍼는 다나를 바라보았다.

그의 눈빛은 이렇게 말하는 것 같았다.

"다나, 날 죽게 내버려 둬. 이건 사는 게 아니야.

밥 먹는 것도 화장실에 가는 것도 내 뜻대로 할 수 없어.

여러 사람에게 피해주며 사느니, 차라리 죽는 게 나아.

다나, 제발 나를 죽게 내버려 둬."

다나는 가슴이 쓰리고 아파왔다.

그러나 울지 않았다.

자신이 눈물을 보이면 남편마저 더 약해지기 때문이었다.

다나는 오히려 크리스토퍼의 눈을 바라보며 마음의 언어로 독하게 말했다.

"죽고 싶으면 죽으세요. 죽으란 말이에요.

그러나 이것 하나만 명심하세요. 나는 여전히 당신을 사랑해요.

그리고 어떤 고통이 찾아온다고 해도 난 당신 곁에 있을 거예요.

그런 나를 홀로 두고 떠나려면 떠나세요."

그러자 크리스토퍼는 뜨거운 눈물을 흘렸다.

며칠 후,

크리스토퍼는 어눌하지만 말을 할 수 있게 됐다.

"다나, 난 날개가 부러진 슈퍼맨이야.
그런 나를 끝까지 사랑해줄 수 있어?"
다나는 크리스토퍼의 손을 꼭 잡으며 말했다.
"당연하죠. 나는 슈퍼맨을 사랑한 게 아니라
내 앞에 이렇게 살아 숨 쉬고 있는 크리스토퍼, 바로 당신을 사랑한 거예요.
그리고 여전히 당신은 슈퍼맨이에요.
당신은 영원한 나의 사랑이자 영웅이에요. 적어도 나한테만큼은……."
"정말이야? 이렇게 내가 망가졌는데 여전히 날 사랑한단 말이야?"
"당연하죠. 제가 당신의 날개가 되어드리면 되잖아요."
다나의 가슴 벅찬 사랑에 크리스토퍼는 용기를 얻었다.
앞으로 겪어야 할 무거운 고통과 세상 사람들의 시선들을
참고 견디기로 맘먹은 것이다.
크리스토퍼는 입술을 깨물고 재활치료에 들어갔다.
수개 월 동안 재활치료에 공을 들였지만 상태는 쉽게 나아지지 않았다.
이미 몸이 너무 많이 손상된 뒤라서 회복의 기미가 보이지 않았던 것이다.
좌절에 빠진 크리스토퍼에게 다가간 다나는 입맞춤을 하며 말했다.
"슬퍼말아요. 당신이 한 걸음도 걷지 못하지만, 두 발로 설 순 없지만,
이미 당신은 다 회복했어요. 당신은 그 누구보다도 더 건강해요."
크리스토퍼는 아내 다나의 사랑으로 인해 삶의 의지를 더욱 불태웠다.

그 후 크리스토퍼와 아내는 '크리스토퍼 리브 재단'을 설립해
모금활동에 앞장서 장애로 인해 고통 받은 사람들에게
꿈과 희망을 안겨주었다.

그리고 눈이 오는 어느 날,
다나는 크리스토퍼 옆에 누웠다.
다나는 나지막한 목소리로 속삭였다.
"당신, 요즘도 하늘을 나는 꿈을 꾸세요?"
"물론이지."
"그럼, 나도 하늘 구경을 시켜줘요."
"그래 좋아. 날 꽉 잡아야 해. 준비됐지?"
"예."
"그럼 눈을 감아, 꼭."

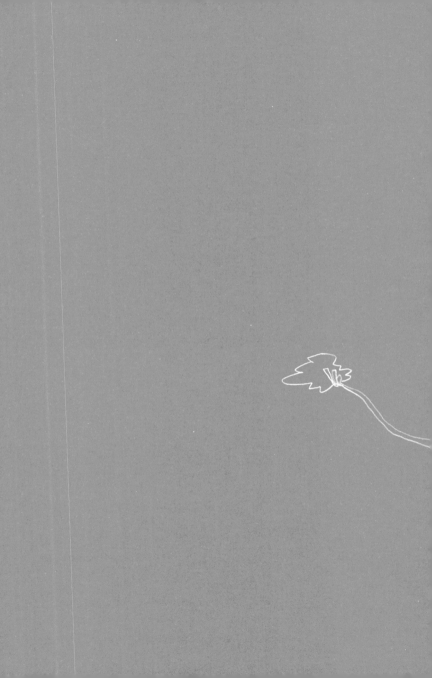

당신이 가는 길이 아무리 힘든 길이라도
그 길은 이미 누군가가 지나갔던 길입니다.
혼자라 생각하지 말고 늘 여럿이라 생각하십시오.
가는 길을 잠시 멈추고 당신이 걸어온 길을 뒤돌아보세요.
분명 두 개의 발자국이 있을 겁니다.
당신은 혼자이지만 결코 혼자가 아닙니다.
발자국이 두 개라는 건 이미 동행입니다.
당신과 또 다른 당신과의 동행인 것입니다.

나만의 파랑새 찾기

자기가 소유하고 있는 것을
가장 풍부한 재산으로 여기지 않는 자는
비록 세상의 주인이라도 불행하다.

－피쿠로스

어린 남매가 있었습니다.
그 남매는 평소 친하게 지내는 마법사 할머니의 부탁을 받고
여행을 떠났습니다.
부탁은 다름 아닌 할머니의 병든 딸을 위해
'파랑새를 찾아 달라는 것'이었습니다.
남매는 개·고양이·빛·물·설탕 등의 님프를 데리고
파랑새를 찾기 위해 추억의 나라와 미래의 나라 등을 방문했습니다.
그러나 끝내 그들은 그렇게 찾고자 했던 파랑새를 찾지 못한 채
아무런 소득 없이 다시 집으로 돌아와야 했습니다.
그런데 남매는 의외로 해답을 아주 가까운 곳에서 찾을 수 있었습니다.
바로 자기네들이 기르고 있었던 비둘기가 파란색이었던 것입니다.

이 이야기는

벨기에의 작가 마테를링크가 쓴 동화 〈파랑새〉의 줄거리입니다.

이 동화가 말해주듯

우리가 찾고자 하는 사랑, 행복, 그리고 그리움은

항상 우리 가까이에 존재하는 법입니다.

바로 당신 앞에,

아니면 당신의 몇 발자국 뒤에

물망초처럼 늘 그렇게 다소곳이 앉아 있는 것입니다.

가까이 있기에,

너무 가까이 있기에 미처 볼 수 없을 뿐…….

창문 틈으로 들어오는 햇살과 얘기하고,

길섶에 있는 작은 풀잎에게 입술을 맞추고,

시골길을 덜컹 거리며 달리는 버스와 악수하며,

어머니와 눈 맞추고,

형제와 함께 야유회를 가는 것처럼

우리들이 사소하고 하찮게 여겼던 모든 것들이

어쩌면 우리가 찾고자 하는 행복의 전부일 수도 있습니다.

지금 행복과 사랑을 찾고자 하신다면

당신에게서 가장 가까이 있는 사람을 바라보세요.

그것이 바로 당신이 찾고자 하는 모든 것이랍니다.

머리를 숙이는 연습

절대적인 진리는 쉽게 붙잡을 수 있는 가까운 곳에 있다.
그것은 타인의 손에 의해 붙드는 것이 아니라
자신 스스로 붙드는 것이다.

－장 폴 사르크르

자그마한 암자에 계시는 노승 한 분이
봄나물을 고추장에 맛있게 버무리고 있었습니다.
윙윙윙.
용케도 그 냄새를 맡았는지 파리 한 마리가 날아들었습니다.
그러나 노승은 손을 휘휘 저어 파리를 쫓는 대신 지그시 눈을 감았습니다.
옆에 같이 있던 동승이 의아한 표정으로 노승에게 물었습니다.
"큰 스님, 왜 파리를 쫓아내지 않으십니까?"
노승은 눈을 살포시 뜨며 말했습니다.
"파리는 아무런 잘못이 없는데도 궁둥이를 치켜세우고
매일 손금이 지워지도록 세상을 향해 용서를 구하지 않느냐.
우리는 파리에게 많을 걸 배워야 한다."

이 이야기는 우리에게 많은 생각을 하게끔 합니다.

살아오면서 우리는 때때로 어떤 잘못을 저지를 때가 있습니다.

그러나 그 잘못 앞에서 언제나 뒷짐을 지고 있기 일쑤입니다.

그 잘못을 덮어 버리거나 회피하려고만 하지

스스로 잘못을 인정하고 용서를 빌었던 적은 그리 많지 않을 것입니다.

누구나 잘못을 저지를 수는 있습니다.

그러나 누구나 다 잘못을 인정하고 용서를 구하지는 않습니다.

이제 우리는 머리를 숙이는 연습을 해야 합니다.

용서를 구하고 자신의 실수를 인정하는 것이

사람의 도리이며 사람을 향기롭게 만들기 때문입니다.

365일 봄처럼 살기

삼백 예순 날 하냥 섭섭해 우옵내다.
모란이 피기까지는
나는 아직 나의 봄을 기다리고 있을테요.
찬란한 슬픔의 봄을.

– 김영랑

봄입니다. 정말 봄입니다.
개나리가 머리에서 발끝까지 샛노랗게 염색을 했습니다.
노랑머리인 개나리가 버릇없이 보이긴 해도 그래도 용서를 해주렵니다.
개나리가 내 발걸음에게 젊고 발랄한 기운을 선사했기 때문입니다.
오늘 아침 출근길에,
노란 유니폼을 입고 대각선으로 가방을 멘 꼬맹이 한 명과 마주쳤습니다.
그 아이를 본 순간,
나도 모르게 그만 '개나리꽃이 살아 움직이네.' 하고 혼자 중얼거렸습니다.
그리고 한참동안 아이의 뒷모습을 바라보며
아이와 봄은 참으로 많이 닮았다는 생각을 하게 됐습니다.

우리에게 언제나 아이와 봄은 오늘보다는 내일을 생각하게 하고,
아직도 이 세상엔
우리가 찾지 못한 희망이 더 많이 남아있음을 일깨워 주곤 합니다.
아마도 아이들의 마음은 사계절 모두 봄일 겁니다.
나비가 날고 꽃향기가 귓구멍을 들랑거리는 그런
햇살 잘 익은 봄 말입니다.
봄답고 아이다운 동시 한 편이 있어 소개하렵니다.
일본 동화작가 후쿠다 이와오의 동화 『방귀 만세』에서 나오는
〈꽃방귀〉입니다.

선생님은 살아있는 것은 모두 방귀를 뀐다고 했다.
그렇다면 풀이나 나무도 꽃도 방귀를 뀔까?
물푸레나무의 맛있는 꽃향기는
꽃이 뀐 방귀 냄새일까?

봄입니다. 정말 봄입니다.
오늘따라 귓속이 유난히 간지럽거든
개나리 방귀가 그 속에 들어간 줄 아세요.

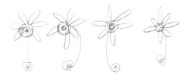

존재의 이유

돌멩이 하나에도 감정이 있고 느낌이 있다.
바람 한 점에도 사랑이 있고 행복이 있다.
먼지 하나에도 삶이 있고 죽음이 있다.
모든 것은 다 소중하다.

－무명씨

젊은 농부가 앞마당에 무성하게 자란 잡초를 뜯어내고 있었습니다.
허리를 굽힌 젊은 농부는 짜증스러운 목소리로 말했습니다.
"이 성가신 잡초만 없다면 좀 깨끗해질텐데.
왜 이런 것들이 세상에 있는지 모르겠어."
그러자 이미 뽑혀서 한쪽 모퉁이에 누워 있던 잡초가
그 사람을 보고 말했습니다.
"비록 당신에게 큰 도움을 주진 않지만
우리들도 이 세상에 있을 만한 존재랍니다.
비가 올 때면 흙이 떠내려가지 않게 막아 주고
건조한 날에는 모래가 바람에 날리는 것을 막아주는 일을 하지요."

그러자 젊은 농부는 잡초의 말을 듣고 미안한 듯 머리를 긁적거렸습니다.

그렇습니다.

이 세상에 필요 없는 존재는 없습니다.

아무리 하찮은 것일지라도 그 나름대로 존재의 이유가 있는 것입니다.

밤하늘에 별이 밝은 이유도 별과 별 사이에 작은 어둠이 있기 때문이고

가수의 노랫소리가 아름다운 이유도

그 노래 뒤에서 작은 소리로 울려대는 베이스 기타가 있기 때문입니다.

아무 쓸모가 없을 것 같은 잡초도

그에게 존재할 수밖에 없는 이유가 있는 것입니다.

잡초가 없다면 꽃을 피울 수 없기에…….

당신은 지금 누구의 배경입니까?

당신으로 인해 아름다울 수 있는 사람을 당신은 갖고 있는지요?

있다면, 그 사실만으로도 분명 당신은 행복한 사람입니다.

아무도 밟지 않은 길

나는 무(無)를 향해 기어가는 달팽이야.
어디로 가는지 나도 모르겠어.
한때는 안다고 생각했지.
난 지금 도대체 어디로 가는 것인지.

—영화 〈안개 속의 풍경〉

당신이 가는 길이 아무리 힘든 길이라도
그 길은 이미 누군가가 지나갔던 길입니다.
혼자라 생각하지 말고 늘 여럿이라 생각하십시오.
가는 길을 잠시 멈추고 당신이 걸어온 길을 뒤돌아보세요.
분명 두 개의 발자국이 있을 겁니다.
당신은 혼자이지만 결코 혼자가 아닙니다.
발자국이 두 개라는 건 이미 동행입니다.
당신과 또 다른 당신과의 동행인 것입니다.

오랜 세월이 흐른 다음

나는 어디선가 한숨 쉬며 말하리라.

두 갈래의 길이 숲 속으로 나 있어서

나는 사람이 덜 다닌 듯한 길을 택했는데

그것이 결국 내 운명을 바꾸어 놓았다라고.

— 프로스트의 시 〈가지 않은 길〉 중에서

세상의 길은 그다지 평탄하지만은 않습니다.

자갈밭도 있고 때론 발목까지 빠지는 진흙탕도 있으며

가도 가도 끝을 가늠할 수 없는 사막길도 있습니다.

그렇다고 그 길들이 당신의 발목을 잡진 않습니다.

당신을 주저앉게 만드는 건

결국, 당신 자신입니다.

당신은 당신을 이겨야 합니다.

당신은 당신에게 너무나 너그러우면 안됩니다.

차라리 힘들고 지칠 때 앞만 보고 뛰어가십시오.

그렇게 가다 보면, 언젠가는 아무도 밟지 않은 길을 만나게 될 것입니다.

그것이 바로 자신만의 길이 되는 것입니다.

한 번 해보는 겁니다.

될 때까지 해보는 겁니다.

해보는 수밖에 없습니다.

그게 바로 나만의 길을 찾을 수 있는 유일한 길이기 때문입니다.

세상 바로보기

만 가지 이치, 하나의 근원은
단 한 번에 깨치는 것이 아니므로
참마음, 진실한 본체는 애써 연구하는데 있다.

－이황

조선시대 임제라는 시인이자 문신이 있었습니다.

임제가 하인과 함께

잔칫집에 갔다가 집으로 돌아오는 길에 있었던 일입니다.

잔칫집에서 나온 임제가 말에 올라타려고 하자, 하인이 입을 열었습니다.

"나리, 신발을 짝짝이로 신으셨습니다.

한 짝은 가죽신, 한 짝은 나막신이옵니다."

그러나 임제는 대수롭지 않다는 듯

'허허' 웃으며 그냥 가자고 재촉했습니다.

그래도 하인은 맘이 놓이지 않았던지

잔칫집에 냉큼 다녀오겠다는 말을 꺼냈습니다.

그러자 임제는 다시 '허허' 웃으며 입을 열었습니다.

"걱정마라. 길 왼편에서 나를 본 자는 나막신을 신은 줄 알 것이고
오른 편에서 나를 본 자는 가죽신을 신었구나, 할 터이니
짝짝이가 무슨 상관이란 말이더냐?"

참으로 맞는 말입니다.
이렇듯 우리의 판단이란 하나로 모든 것을 결정짓는 선입견이 있습니다.
나막신 한 짝으로 다른 편도 으레 나막신을 신었겠지, 하는
섣부른 판단을 하지만
그 판단은 인간관계에 있어 표피적인 시각으로 머물 수 있습니다.
그 사람에 대한 편견과 선입견은
그 사람의 보이지 않는 아름다움을 보지 못할 뿐만 아니라
그 사람을 당신이 짜놓은 틀에 맞추고 맙니다.
눈과 눈을 맞추고 손과 손이 엉키고 입술과 입술이 스친다 해도
그 내면의 마음을 보지 못한다면
그 만남은 내일을 약속할 수 없는 무의미한 만남에 불과합니다.
사람을 만나고 때론 거친 인생과 맞닥뜨릴 때
우리는 보이는 면에 현혹되지 않고 그 반대편도 볼 수 있는
바른 눈을 가져야 합니다.

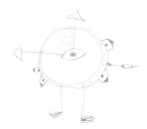

혼자라는 생각 버리기

아름다운 이별은 없습니다.
다만 아름답게 사랑한 후에는 좋은 추억이 남습니다.
소중한 추억을 남겨준 사랑에 감사합니다.

－샤론 스톤

내 자신이 외톨이라 느껴질 때
전 가끔씩 나무에 기댄 채 그렇게 서 있습니다.
잎사귀 그늘이 내 얼굴에 물들고 바람이 내 가슴 한 모퉁이를 부채질해도
그냥 그대로,
오후의 정적을 감당하며 그 자리에 서 있습니다.
나무와 나 사이,
그 사이엔 외로움도 쓸쓸함도 아픔도 존재하지 않습니다.
잠시,
내 스스로가 한 그루의 나무가 되기 때문입니다.
길을 잃은 개미들에게 친절히 길을 안내해주고,
오랜 여행으로 지친 참새에겐

나뭇가지 하나 정도는 은근히 내밀어주며,
땀 흘리는 노동자에겐 꿀처럼 달콤한 그늘 한 폭을 선사해주는,
나무가 되기 때문입니다.

이 세상에 혼자란 없습니다.
다만 혼자 서 있는 사람만 가득할 뿐입니다.
당신이 외톨이라 느껴질 때,
그래서 그 서글픔이 가슴 밖으로 넘쳐흐를 때
나무 가까이 다가가 나무에 기대세요.
그렇게 한 그루 나무가 되세요.
당신을 원하는 수많은 외로움 때문에
당신은 금방 외톨이임을 잊을 겁니다.

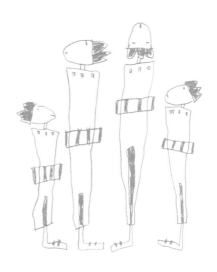

마음의 문 열기

진짜 사랑은 언젠가는 상대의 마음에
가서 닿는다는 사실을 깨달았습니다.
그 사랑이 조용한 것일수록
닿았을 때 마음의 울림은 더 크다는 것도 말입니다.

-왕조현

킹콩이 왜 자기 가슴을 마구 치는지 당신은 아시나요?
그 이유를 말하기에 앞서
그대가 부디,
누군가를 그리워하는 사람이길 바랍니다.
킹콩은 사랑을 아는 것이지요.
아니, 지독한 그리움을 아는 것입니다.
수많은 별들이 창틀의 새벽 햇살로 바뀌는 그 순간까지
단 한 번이라도
밤새 누군가를 그리워해본 사람이라면,
왜 킹콩이 자신의 가슴을 마구 치는지

그 이유를 아실 겁니다.
내 안에서 잠든 한 사람,
그리움으로도 다 말할 수 없는 그 한 사람,
내 안에서 곤히 잠이 든 한 사람을 깨우기 위해
그렇게 하염없이 킹콩은
자신의 가슴을 때리고 또 때렸던 것입니다.

안개 그리움

창밖을 봐.
바람이 불고 있어.
하루는 북쪽에서, 하루는 서쪽에서
인생은 그런 거야.
우린 그 속에 있어.

－영화 〈베티블루〉

지리산에 가 본 적이 있습니다.
새벽안개를 가슴에 안고 그대 향해 한 발 한 발 내딛었죠.
정상에 오르면 그대 얼굴 만질 수 있을까.
쉴 새 없이 땀을 닦아내며 하늘을 쳐다봤습니다.
하늘과 맞닿는 곳, 천왕봉!
하지만 그 곳엔 그대가 없었습니다.
그저 드넓은 바다만 맞닥뜨렸을 뿐, 그대는 없었지요.
그대인가, 싶어 허공에 손을 내뻗어도 보았지만
그저 안개만이 텅 빈 내 마음에 스며들었지요.

터벅터벅 내려오는 길,

우리 인생도 어쩌면 안개에 쌓인 그리움인지 모른다는 생각을 했습니다.

보이지 않는 것, 느낄 수 없는 것⋯⋯.

그 막연함과 애타는 갈망이 하루를 또 버티게 하는 건 아닐까요?

만나야 할 사람은 언젠가는 만나겠지만,

오늘마저도 그 사람은 내게 희미한 안개만 보여주네요.

나 또한 그 안개 안에 숨어 있는 작은 안개일 뿐입니다.

시간을 묶어 두는 비결

인생은 우리에게 어떤 일이 생기느냐에 따라
결정되는 게 아니라
우리가 어떤 태도를 취하느냐에 따라 결정된다.

－존 호머 밀스

우리에게 그리 많은 시간이 있지 않습니다.
하지만 우리는 시간의 폭과 깊이를 잘 알지 못하기에
언제나 밀물처럼 멀어져 가는 소중한 그 시간들을 붙들지 못합니다.
시간이 흐른다는 건 그 만큼 사랑할 시간이 적어진다는 것입니다.
우리에겐 시간이 없다.
지금 이 순간에도 사랑은 계속 돼야 합니다.
평생 사랑만 하고 살아도 너무나 아쉬운 세월들입니다.
하지만 오늘도 우리들의 마음 한복판엔
미움과 시기와 질투로 가득 메워져 있습니다.
얼마나 안타까운 일입니까?
그러나 다 부질없는 잡념일 뿐입니다.

사랑은 나누고 함께 하면 언제나 그 이상으로 되돌아온다는 사실,
그것이 사랑의 진리요, 인간의 도리입니다.

오늘 엘리베이터를 탈 때
상대방에게 먼저 인사를 하고 웃음을 건네 보세요.
어색한 침묵이 곧 사랑의 온기로 바뀔 것입니다.
설령, 상대방이 아무런 반응도 보이지 않는다 해도 개의치 마세요.
상대방의 마음 한 자락엔 이미 당신의 미소가 물들었는지도 모릅니다.
미소는, 사랑은, 행복은 전염성이 강하니까요.
사랑을 한다는 것,
그건 그리 대단한 것으로부터 출발하지 않습니다.
타인의 마음에 생의 향기를 심어주는 일,
그게 바로 사랑의 시작입니다.
그게 바로 흐르는 시간을 묶어 두는 유일한 비결인 것입니다.

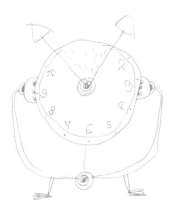

시간 앞에 부끄럽지 않기

나는 모든 것을 즐기고 싶다.
하루하루가 인생의 마지막 날인 것처럼
유쾌하게 살고 싶다.

－영화 〈내가 마지막 본 파리〉

세상에서 가장 가혹한 병은 아마도 시간을 잡아먹는 병일 겁니다.
우연히 TV를 보면서
나이에 비해 급격하게 늙는 병이 있다는 걸 알게 됐습니다.
2살이 되면 16살로 보이고, 5살이 되면 40살처럼 보이는 것이지요.
정신은 나이와 맞게 성장해 가는데 육체가 급속도로 늙는 병.
그 병에 걸린 아이는 청년이라는 생이 존재하지 않습니다.
채 15살이 되기도 전에 죽음을 생각할 나이가 되기 때문입니다.
그 아이에게 있어 하루라는 시간은 열흘이고
1년은 무려 8년이라는 세월인 셈입니다.
그러기에 한 순간,
한 호흡도 그 아이와 부모들에게는 참으로 소중한 시간입니다.

꽃을 피우기도 전에 수그러지고 마는 삶,
그 아이의 삶 앞에 요즘 당신의 시간은 부끄럽지 않는지요?
강물처럼 흘러가는 시간 앞에서
그저 멍하니 뒷짐만 지고 있지는 않았는지요.
언제나 앞질러 뛰어가는 것이 시간입니다.
다시는 만날 수 없는 지금이라는 시간,
지금이 가기 전에 다시 사랑을 시작하세요.
그 아이가 남기고 간 시간은 어쩌면
우리가 열렬히 사랑만 해도 모자라는 시간인지도 모릅니다.

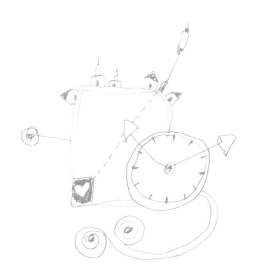

마음의 기준 찾기

진리는 우리에게 신념을 줄 뿐 아니라
진리를 구한다는 사실이
우리에게 무엇보다도 마음을 평화를 가져다 줍니다.

—파스칼

어느 스킨스쿠버가 바다에서 작살로 물고기를 잡았습니다.
그런데 그 물 속에서 본 물고기의 피가
풀잎처럼 초록빛으로 보이는 것이었습니다.
스킨스쿠버는 참으로 신기했습니다.
보통 피는 붉은색인데 이 물고기의 피는 초록색이었기 때문입니다.
스킨스쿠버는 다른 사람에게 자랑할 요량으로
서둘러 육지로 올라왔습니다.
그런데 육지에서 본 물고기의 피는 그냥 붉은피였습니다.
그 이유는 물속에 비췬 태양의 장난 때문이었습니다.

진리는 하나입니다.

봄이 오면 여름이 오고 낙엽이 지면 이듬해에 열매가 열리듯

진리는 변하지 않는 것입니다.

그러나 우리는 작은 속임수에도 쉽게 마음을 빼앗기고 맙니다.

그 이유는 마음의 중심이 흔들리기 때문입니다.

마음의 중심을 바로 세운다는 것,

그건 삶을 살아가면서 참으로 중요한 요소입니다.

살아가면서 수많은 유혹과 방황 그리고 향락이 들어 닥칠 것입니다.

그럴 때마다 자기 스스로의 마음 기준이 있어야 합니다.

당신의 마음 기준은 무엇입니까?

어머니 앞에 부끄럽지 않은 것,

그것이 마음의 기준이며 진리가 아닐까요.

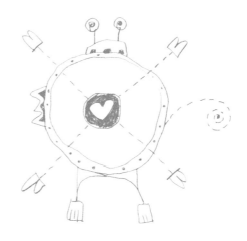

순수한 마음 찾기

어린이는 우리의 내일이며 소망이다.
나라의 앞날을 짊어질 한국인으로,
인류의 평화에 이바지 할 수 있는 세계인으로 자라야 한다.

– 대한민국 〈어린이 헌장〉

어느 날,
헌 옷걸이가 새 옷걸이에게 말을 건넸습니다.
"너는 옷걸이임을 한시도 잊지 말아라."
그러자 헌 옷걸이가 따지듯 물었습니다.
"왜 옷걸이임을 강조하는 거니?"
그러자 헌 옷걸이가 대답했습니다.
"잠깐씩 입혀지는 옷이 자신의 신분인 양
교만해지는 옷걸이를 그 동안 많이 보았거든."

짧지만 영혼의 무게가 느껴지는 이 동화는 2001년 눈 오는 1월 어느 날,
어머니의 품으로 서둘러 가신 동화작가 정채봉님의 글입니다.

그 분의 난데없는 사망 소식은
제 마음을 한동안 얼음장처럼 얼어붙게 만들었습니다.
세상과 맞물려 살다보니, 어느 새 오염돼버린 마음을
그 분이 쓰신 따뜻한 동화로 정화시키며 여태 살아왔는데,
이젠 어찌할까, 생각하니 난감하기 그지 없습니다.
동화 한 편으로 나를 어린 나로 다시 되돌려주었던 분,
다시 한 번 정채봉 선생님의 명복을 빕니다.

요즘 동화가 어른들에게는 외면당하고 있습니다.
어린이는 어른의 스승이라 했던가요?
동화는 바로 글의 스승입니다.
정작 동화를 읽어야 할 사람은 어린이가 아니라 어른임을
우리는 알아야 할 것입니다.
내일부터는 무턱대고 자라지만 말고
모든 어른들의 마음이 다시 순수하게 줄어들었으면 합니다.

아낌없이 사랑 주기

사랑하고 있는 사람 앞에선
사랑하고 있다는 말을 안합니다.
안한다는 것이 아니라 못한다는 것이 사랑의 진리입니다.

－한용운

〈아낌없이 주는 나무〉는 누구나 한 번쯤은 읽어보았을 겁니다.
소년을 위해 나무는
나뭇잎으로 왕관을 만들어주고 그늘도 만들어주었습니다.
그리고 소년이 자라 어엿한 청년이 됐을 때도 나무는
청년의 어려운 상황을 알고
기꺼이 사과 열매를 내주어 시장에 내다 팔기를 허락했습니다.
또 세월이 흘러 청년이 머물 공간이 필요했을 때도
주저 없이 자신의 몸을 집의 목재로 사용하라고 했습니다.
결국,
나무는 밑둥만 남은 보잘 것 없는 행색이 되고 말았습니다.
그런데도 나무의 마음은 소년에 대해 한결 같았습니다.

소년이 청년이 되고 그 청년이 다시 노인이 됐을 때
나무는 지친 그를 위해 나무 밑둥까지
쉴 수 있는 나무의자로 아낌없이 내어줬습니다.

사랑은 이처럼 조금씩 조금씩 마음을 내어주는 것입니다.
상대방에게 대가를 바라지 않고
그저 내가 가진 모든 것을
아낌없이 베풀어야 사랑다운 사랑이라 말할 수 있는 겁니다.
상대방에게 주었던 사랑보다 더 많은 사랑을 되돌려 받기 위해
오히려 상대에게 사랑을 강요한 적은 없었는지요?
상대방에게 부담을 주지는 않았는지요?
사랑은 답장을 바라지 않고 쓰는 편지와 같습니다.
항상 같은 그 자리, 그 느낌으로 서 있으면 되는 겁니다.
나무는 우리에게 사랑을 강요하지 않습니다.
그렇다고 무관심한 우리를 미워하지도 않습니다.
그저 늘 우리 곁에서 변함없이 우리만을 바라봅니다.
사랑이란 이름으로 우리들의 마음을 가늠하지도 않습니다.
나무는 알고 있습니다.
사랑의 진리를 아는 것입니다.
결국 사람이 죽으면 나무가 된다는 사실을 말입니다.
언제가 당신은,
당신이 사랑하는 사람과 같은 자리에 분명 서 있을 것입니다.

삶 되돌아보기

절망하지 말라.
설혹 내 형편이 절망하지 않을 수 없더라도
그래도 절망은 하지말라.
이미 끝장이 난 듯 싶어도, 결국은 또 새로운 힘이 생겨나는 것이다.
－F. 카프카

내겐 양복이 딱 한 벌 있습니다.
졸업을 축하한다면서 아버지께서 카드 할부로 사준 양복 한 벌.
그 양복은 벽에 걸린 채 벌써 몇년의 세월을 견디고 있습니다.
양복에게 미안합니다.
창문도 없는 방 안에서 오직 벽만을 뚫어져라 바라보고 있으니…….
양복은 두 번의 여름을 견뎌내기가 힘들었던지
겨드랑이 깊숙이 곰팡이가 피었습니다.

적당한 직업 없이 방황하던 그때는 백수라는 것이 한없이 부끄러웠습니다.
그러나 그것도 내 인생의 한 부분임을 인정하게 됐을 때 그것만큼 좋은 기회도 없었던 것 같습니다.

흔들리는 마음을 다스리고,

우울한 일상을 가다듬고,

오늘보다 내일의 꿈을 믿으며 어제 하루를 뒤돌아보았던 그 시절.

그 시절이 없었다면

이 세상에는 너무나 많은 아픔들이 가득하다는 걸 까마득히 모르고

세상을 살아갔을지도 모릅니다.

예쁜 추억 간직하기

그대가 없는 세상에서 사느니
차라리 죽는 게 낫겠소.

−토마스 제퍼슨

자그마한 새 수첩 하나를 샀습니다.
낡은 수첩에 적힌 이름과 전화번호를 새로운 수첩에 옮기다보니,
눈물 자국으로 번진 이름 하나가 눈에 들어옵니다.
'그 이름은 왜 젖어 있을까?'
이런 생각을 하다보니, 왠지 그 이름의 소식이 새삼 그리워집니다.
"아직도 그 번호구나. 그냥, 전화했어. 수첩을 정리하다가……."
차라리 전화하지 말 것을, 하는 생각이
수화기를 내려놓은 후에야 들었습니다.
그대로 추억창고에 묻어두는 게 더 나았을 텐데,
굳이 그 깊은 곳에서 왜 끄집어냈는지 곧장 후회가 됐습니다.
잊은 줄 알았는데,
이제는 잊을 때도 됐는데,

아직도 내 마음을 숫자 몇 개에 빼앗기고 말았다는 사실에
새삼 내 자신이 못났다는 생각이 들었습니다.
추억이 아름다운 건 다시 돌아갈 수 없기 때문이라고 했는데,
추억을 추억으로 간직하지 못하고 왜 다시 마음 밖으로 꺼내려 했는지…….
한나절 내내 방구석에 앉아
낡은 수첩과 새 수첩을 번갈아 가며 만지작거렸습니다.
눈물로 번진 그 이름을 새 수첩에 다시 옮겨 적어야 할지 아니면
아예 태워 버려야 할지,
결론을 내리지도 못하고 그만 창가에 달님을 맞이하고 말았습니다.

완전한 사랑

요꼬와 내가 만나기 전에
우리는 반쪽짜리 인간이었습니다.
우리는 함께 있을 때
비로소 완전한 인간이 되었습니다.
사랑조차,
우리 두 사람 사이를 비집고 들어올 수 없었습니다.

−존 레논

참사랑은 어린 아이의 마음과 같습니다.
순수와 정직과 진실로 사랑을 해야 합니다.
그래야 그 사랑이 어느 먼 훗날,
다시 만나도 낯설지 않고
긴 세월을 뛰어넘는 위대함으로 다시 태어날 수 있습니다.
만남은 영원할 순 없지만 사랑은 영원할 수 있습니다.
서로의 만남 속에 이기와 욕심과 계산이 꿈틀거린다면
그 만남은 그저 만남을 위한 형식에 불과합니다.

사랑을 한다는 것,

그것은 내 안에 어린 시절의 나를 언제나 간직한다는 것입니다.

흙을 만지고,

딱지치기를 하고,

구슬놀이를 하며,

종이인형에 옷을 입혔던 그 순수함으로 상대방을 사랑해야 합니다.

그래야

설령, 이 생이 다해 다른 생의 어느 곳, 어느 시점에서

상대방을 다시 만난다 해도 서먹함 없이

그저 침묵만으로도 서로에게 나무그늘 같은 편안함이 될 수 있습니다.

어른이 돼버린 지금, 얼마나 우리는 어리석었던가요.

하루라도 빨리 어른이 되고자 했던 바람.

하지만 그 성장이 이제는 겁이 납니다.

늙는다는 것이 겁이 나는 것이 아니라

내 안에 어린 내가 점점 사라지기 때문입니다.

그 순수한 마음이 지워지기 때문입니다.

아, 세월이여!

더디게, 아주 더디게 오시길.

오늘도

참사랑을 갈구하며 어린아이로 다시 돌아가는

맹랑한 꿈을 꾸어 봅니다.

그리움 앞의 거짓말

산다는 것은
천천히 태어난다는 것이다.

─생텍쥐페리

한 젊은 부인이 아이 문제로 아동상담소를 찾았습니다.
그 부인은 걱정스런 얼굴로 소장에게 말했습니다.
"소장님, 걱정입니다. 제 아이는 거짓말을 너무 잘 하는 것 같습니다.
어떡하죠? 이러다가 나중에 사기꾼이 되는 건 아닐까요?"
그러자 소장은 대수롭지 않다는 듯 말했습니다.
"아이가 산수를 잘 하나요?"
"아니요, 계산하는 것엔 통 흥미가 없어요."
소장은 젊은 부인의 말을 듣고 밝게 웃으며 말했습니다.
"천만다행이네요. 산수를 잘 했다면 커서 사기꾼이 되겠죠.
하지만 너무 걱정하지 마세요. 아이는 분명 훌륭한 예술가가 될 겁니다.
순수한 거짓말은 창작의 원천이거든요."

거짓말을 하지 않고 사는 날이 우리에게 과연 며칠이나 될까요?

오늘도 우리들은 그리움 앞에 거짓말을 합니다.

'이미 잊었다.'는 말과 '영원히 잊을 수 없다.'는 말은

분명 다 거짓일 겁니다.

세상을 살아가면서 그리움이란 덫에 걸리면

누구나 다 가슴 쓰린 거짓말을 품고 살아가기 마련입니다.

사랑으로부터 자유로운 사람은 없습니다.

보고픈 마음도,

이제 잊어야 한다는 마음도 다 거짓임을 압니다.

당신은 그 거짓말 앞에

또 허무하게 오늘 하루를 저당 잡히고 맙니다.

작은 희망 키우기

사랑은 마법과 같아서
어느 날 갑자기 사라져 버릴지도 몰라요.
하지만 난 지금 영원한 마법을 꿈꾸죠.
우리가 늘 오늘처럼 사랑하게 해달라고
밤마다 기도합니다.

－소피 마르소

한 여인이 겨울 강가에 나와 우두커니 앉아 있습니다.
겨울 내내 단 하루도 거르지 않고 찬바람을 맞으며 늘 그 자리에 있습니다.
그곳을 지나가는 마을 사람들은
왜 여인이 매일같이 강가에서 서성거리는지 궁금했습니다.
성질 급한 노인 한 분이 여인에게 다가와 물었습니다.
"도대체, 매일 거기서 누구를 기다리는 거요?"
여인이 기다리는 사람은 바로 남편이었습니다.
지난 해 산을 등반을 하다가 그만 눈사태에 휘말려 남편이 실종됐던 것입니다.
물론 남편이 올랐던 산의 규모가 어마어마 해서

시신을 찾기란 거의 불가능한 일이었지만 겨울이 지나 봄이 오면
혹여,
남편이 강물로 떠내려 올지도 모른다는 자그마한 희망을 믿었던 것입니다.

시간이 흘러 꽃피고 새가 우는 봄이 왔습니다.
그러던 중 저 멀리 강의 상류에서
커다란 물체 하나가 떠내려 오기 시작했습니다.
여인은 황급히 강물 속으로 뛰어들었습니다.
그것은 바로 그렇게 애타게 기다렸던 남편의 시신이었습니다.
여인은 남편을 부여잡고 뜨거운 눈물을 흘렸습니다.
"흐-흑, 당신이 오리라 전 믿었어요.
당신이 떠날 때 내게 그랬잖아요. 꼭 돌아온다고……."

영원하자, 우리 사랑만은 영원하자며
오늘도 연인들은 새끼손가락을 걸며 서로의 사랑을 맹세합니다.
그러나 정녕, 그 사랑이 영원한지는 아무도 모르는 일입니다.
조그마한 마찰에도, 언제 그랬느냐는 듯
냉정하게 뒤돌아서는 사랑이 허다합니다.
오리라, 꼭 돌아오리라는 말 한 마디를 남긴 채
집을 나선 남편의 말을 믿고 겨울 내내 겨울 강가를 지킨 여인과
꼭 오리라는 약속을 지키기 위해 죽어서까지도
아내에게 돌아온 남자의 말 한 마디는
점점 가벼워지는 세속의 사랑에 뭘 말하는 것일까요?

삶의 중심잡기

행복은 깊이 느낄 줄 알고,
단순하고 자유롭게 생각할 줄 알고
삶에 도전할 줄 알고
남에게 필요한 삶이 될 줄 아는
능력으로부터 나옵니다.

−스톰 제임슨

서커스단 곡예사 한 명이
수많은 관중 앞에서 외줄타기를 하고 있습니다.
한 발을 내딛을 때마다 모두들 입을 다물고 있습니다.
다른 한 발을 내딛다가 순간,
실수로 삐끗하며 주춤거리자
관중들은 가슴을 움켜잡으려 마음을 졸이기 시작했습니다.
곡예사가 중심을 잡기 위해 힘겨워 하는 모습을 볼 때마다
관중들은 마음이 왠지 무거웠습니다.
그러나 사실,

아슬아슬하고 짜릿한 그 순간을 맛보는 것만큼 재미있는 일은 없었습니다.

관중들은 좀 더 어려운 곡예를 요구했습니다.

곡예사는 다시 정신을 가다듬고 반대편을 향해 발걸음을 내딛었습니다.

이번에는 항아리 하나를 머리에 이었습니다.

관중들은 환호성과 함께 미친 듯이 박수를 쳤습니다.

곡예사는 관중들의 들뜬 마음에 호응하고자

또다시 정신을 가다듬고 저만치 보이는 반대편 목적지를 향해

조심스레 한 걸음 한 걸음 걸어갔습니다.

그러나 그다지 만만한 곡예는 아니었습니다.

머리에 있는 항아리가 말썽이었습니다.

'흔들~ 흔들~'

항아리는 당장이라도 아래로 추락할 태세였습니다.

삶의 중심!

거역할 수 없는 삶의 무게 중심을 잡는다는 건 그다지 쉬운 일은 아닙니다.

그 곡예사도 삶의 무게가 힘겨웠던 것일까요?

그만 한 쪽 발을 삐끗하더니

이내, 항아리와 함께 곡예사는 바닥으로 곤두박질쳤습니다.

그 밑에서 구경을 하던 관중들은

기겁을 하고 다들 자리를 박차고 일어났습니다.

다행히도 사고는 나지 않았습니다.

그러나 외줄타기 공연은 엉망이 됐습니다.

관중들은 떨어진 곡예사를 향해 야유와 손가락질을 하며

그 자리를 떠났습니다.

그 후,
두 번 다시는 추락한 곡예사를 그 공연장에서 볼 수 없었습니다.

우리는 지금 인생이라는 외줄을 쓸쓸히 걷고 있는지도 모릅니다.
잠시라도 마음의 중심을 잃어서는 안 될…….
외줄, 외줄타기, 외사랑…….
세상을 살다보면 철저히 혼자일 때가 많습니다.
나 아닌 다른 사람과 함께 갈 수 없는 길을 혼자만 가야 할 때
부디, 당신은 중심을 잃지 않았으면 합니다.
설령, 당신이 곡예사처럼 바닥에 곤두박질을 친다 해도
분명 한 사람쯤은 끝까지 당신을 지켜봐주는 사람이 있을 겁니다.
그 한 사람을 위해서라도 당신은 걸음을 멈춰선 안됩니다.
이 세상에 혼자란 절대 없으니까요.
혼자라고 느끼는 당신만 있을 뿐…….

인생은 짧다

인생은 왕복 차표를 발행하고 있지 않다.
한 번 떠나면 두 번 다시는 돌아올 수 없다.

–로맹 롤랑

벤자민 프랭클린이 책방 주인이던 시절의 일화입니다.
한 손님이 책을 골라 들고 말했습니다.
"이 책 얼마입니까?"
"1달러입니다."
"조금 싸게 안될까요?"
"그럼 1달러 10센트를 내십시오."
그 말을 들은 손님은 어이가 없었습니다.
"값을 좀 깎아 달라는데, 오히려 더 지불하라니요. 이런 법이 어디 있소?"
"정 그러시다면 1달러 20센트를 내십시오."
"아니, 뭐 이런 사람이 다 있어!"
손님은 삿대질을 하며 큰소리를 내질렀습니다.
하지만 프랭클린은 침착하게 대답했습니다.

"시간은 돈보다 귀한 것입니다.
손님께서 제 시간을 벌써 10여 분이나 훔쳐갔으니
책값에 시간 사용비를 더 지불해야 옳지 않습니까?"

당신의 초침은 지금 몇 초를 가리키고 있습니까?
잠깐 사이, 또 몇 초가 흘러가고 말았습니다.
지금, 오늘 이 순간이
당신의 생에 있어서 가장 젊은 날임을 잊지마십시오.
학교에 늦지 않기 위해, 회사에 늦지 않기 위해
오늘도 수많은 사람들이 숨을 헐떡거리며 거리를 뛰고 있습니다.
그러나 막상 자기 자신에게 주어진 시간은
너무나 쉽게 낭비를 하고 맙니다.
온다 해놓고 오지 않는 사람처럼
시간 또한 한 번 흐르면 절대 오지 않습니다.
흐르는 시간을 거스를 순 없지만 흐르는 시간을 마냥 보내서도 안됩니다.
오늘의 일 분 일 초가 먼 훗날의 하루하루를 보상해주기 때문입니다.
당신의 초침은 지금 몇 초를 가리키고 있습니까?

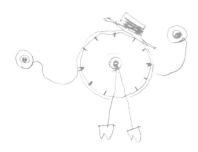

누군가의 희망이 되기

친절한 말 한마디가
석 달 겨울을 따뜻하게 만들 수 있다.
－일본 속담

러시아의 대문호 톨스토이가
어느 날 거리를 지나고 있을 때의 일이었습니다.
남루한 차림의 늙은 거지가 길을 막으며 자선을 구했습니다.
톨스토이는 늙은 거지를 불쌍히 여겨
서둘러 호주머니를 뒤적거리며 돈을 찾기 시작했습니다.
그러나 서글프게도 돈이 한 푼도 없었습니다.
톨스토이는 머리를 긁적이며 미안한 표정으로 말을 건넸습니다.
"정말 미안합니다, 형제여!
돈이 있었으면 기꺼이 당신에게 줬을 텐데,
안타깝게도 지금 내겐 돈이 한 푼도 없습니다."
그러자 톨스토이의 말을 들은 늙은 거지가
허리를 무릎까지 구부리며 말했습니다.

"선생님, 미안해 할 필요는 전혀 없습니다.
당신이 누구신지 모르나, 당신은 돈보다 더 큰 걸 제게 주셨습니다.
그것은 저를 따스하게 형제라고 불러준 것입니다."

톨스토이의 작은 일화에서 알 수 있듯이
삶에 지치고 힘겨워 하는 이들에겐 따뜻한 말 한 마디가
참으로 크고 거룩한 희망으로 다가옵니다.
삶이라는 것이 한없이 벼랑 밑으로 추락한다 할지라도
그래도 이를 악물고 살만한 세상이라고,
다시금 삶의 희망을 다짐할 수 있는 이유는
주위의 따뜻한 사랑과 따뜻한 격려가 있기 때문입니다.
당신은 여태 살면서 누군가에게 희망이 됐던 적이 있습니까?
혹여, 아픔과 상처만을 주지는 않았는지요.
이제 당신의 가슴을 내어줄 때입니다.
어릴 적 당신이 누군가를 바라보며 꿈과 내일을 준비해왔듯,
당신도 분명 누군가에게는 절대적으로 필요한 존재일지도 모릅니다.
당신 곁에서 힘들어 하는 사람들에게
따스함을, 내일을, 함께 함을 전해주기만 하면 되는 것입니다.
당신은 충분합니다,
당신이니까 가능합니다,
당신 때문에 삽니다, 라는 말과 함께 말입니다.

세심한 배려와 관심

말이 많아서는 안된다.
말하는 것의 두 배를 들어라.
신이 어째서 입은 하나, 귀는 둘을 만들었겠는가?
행복하게 살려거든
코로 신선한 공기를 가득히 마시고,
입은 다물고 있어라.

－토케이어

루즈벨트 대통령은 누구에게나 사랑을 받았습니다.
심지어는 백악관의 시종들조차도 그를 사랑했습니다.
그가 사랑을 받을 수 있었던 건 그의 세심한 배려와 관심 덕분이었습니다.

어느 날,
루즈벨트 대통령은 그의 시종인 아모스와 대화를 하고 있었습니다.
"자네는 메추라기를 본 적이 있나?"
"예, 본 적이 있습니다.

그러나 제 아내는 아마 메추라기를 본 적이 없을 겁니다."

"그래? 자네 아내는 본 적이 없다고?"

"예."

그날 밤, 밤이 깊어 갈 무렵 시종인 제임스 아모스의 집으로
전화 한 통이 걸려왔습니다. 바로 루즈벨트 대통령의 전화였습니다.
아모스는 급하게 전화를 받았습니다.

"각하, 무슨 일이십니까?"

"아, 자넨가. 지금 자네 아내와 함께 백악관 정원으로 빨리 오게."

아모스와 그의 아내는 허둥지둥 백악관 정원으로 달려갔습니다.
아모스는 혹시나 대통령에게 무슨 일이 일어난 건 아닐까, 하고
불안했습니다.

"각하, 저희 왔습니다. 무슨 일이십니까?"

그러자 루즈벨트는 천진난만한 목소리로 말했습니다.

"저기를 보게. 저 나무 밑에 메추라기가 앉아 있네.
부인, 보세요. 저기입니다. 이 사람이 그러는데 부인께서는
한 번도 메추라기를 본 적이 없다기에 이렇게 불렀습니다.
이 무례함을 용서하십시오."

그러자 아모스는 연신 고개를 숙이며 감사의 말을 전했습니다.

"각하, 이렇게까지 저희 같은 사람에게도 신경을 써주시다니,
정말로 감사합니다."

아모스와 그의 아내는 대통령의 작은 관심이 얼마나 고마웠던지
밤새 잠을 이룰 수가 없었습니다.

길을 가다가 한 번쯤은 허리를 내려보세요.
그리고는 바닥에 귀를 기울여보세요.
개미나 지렁이가 당신에게 키스를 할 겁니다.
작은 생명들이지만 그것들은,
줄곧 당신이 다가오기를 기다렸을지도 모릅니다.
당신의 작은 손길과 눈빛만으로도 행복해 하는 사람들이
주위엔 아직도 많을 것입니다.
길을 걸을 땐 항상 조심조심 발가락을 세우세요.
개미나 지렁이가 밟힐지도 모르니…….

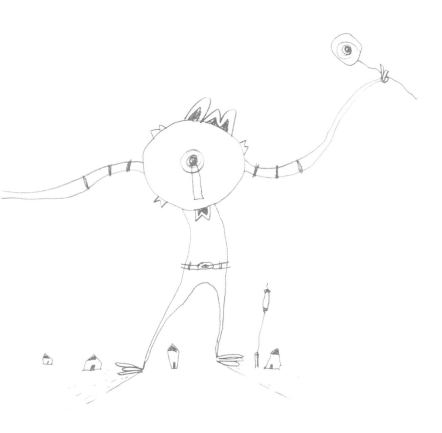

안데르센의 첫사랑

세상은 온통 설렘과 환희로 가득 차 있었다.

그 이유는 크리스마스 날에 흰 눈이 내렸기 때문이다.

사람들은 크리스마스에 눈이 내리면 원하는 소원이 이루어진다고 했다.

사람들은 거리로 나와 눈을 맞으며 서로 인사했다.

"메리 크리스마스."

"메리 크리스마스."

그리고 두 손을 모아 각자 소원을 빌었다.

아이들도 신나긴 마찬가지였다.

혀를 길게 쭉 내밀고 눈을 받아먹기도 하고

캐럴을 부르며 여기저기를 돌아다니기도 했다.

하늘엔 영광 그리고 땅엔 축복으로 가득한 날이었다.

세상 사람들은 모두 다 즐거운데 단 한 명, 안데르센은 그리 즐겁지 않았다.

안데르센은 창밖에 내리는 눈을 바라보며 한숨을 내쉬었다.

그리고 혼잣말로 중얼거렸다.

"내 꼴이 이게 뭐람. 크리스마스에 눈이 내린다고 세상은 모두
축제 분위기인데 나만 이렇게 초조하게 기다리고 있다니……."

그때였다.

초인종이 울리고 중절모를 쓴 사람이 안데르센을 찾아왔다.

그의 친구였다.

"안데르센, 자네같이 바쁘신 몸이 왜 집에 있는 건가?

이번 크리스마스에도 약속이 없나?"

"응."

친구는 안데르센의 모습을 보더니 고개를 갸우뚱거렸다.

"안데르센, 약속이 없다면서 왜 그렇게 옷을 말끔히 차려 입고 있는 건가?"

"어 어 어, 그냥."

"그냥? 참 싱거운 친구군."

안데르센의 그냥, 이라는 말 속에는

수 천 수 만개의 그리움이 숨겨져 있다는 사실을 친구는 알 리 없었다.

사실, 안데르센은 오래 전부터 한 여인을 지독하게 사모하고 있었다.

아침에 눈을 뜨면 어김없이 그 여인이 아른거리고 잠을 청하는 순간에도

여인의 모습이 아른거렸다. 심지어 꿈속에서 조차도 그 여인이 아른거렸다.

그 여인은 바로 아름다운 목소리를 가진 소프라노 '예니 린드'였다.

그녀의 노래솜씨는 참으로 훌륭했다.

안데르센이 크리스마스에 집에 머물러 있었던 이유는

혹시나, 하는 마음 때문이다.

혹시나 그녀가 자기를 초대해주지 않을까, 하는 기대감으로

옷을 말끔히 차려 입고 준비를 하고 있었던 것이다.

안데르센은 이미 수많은 약속이 있었지만 모두 취소했다.

그녀가 불러주기를 간절히 기다린 것이다.

안데르센이 그녀를 처음 본 건 35살 때였다.

그녀를 처음 본 순간, 그는 숨이 멎는 줄 알았다.

"세상에, 이렇게 아름다울 수가.

어찌 천사가 하늘에 있지 않고 여기에 있는 걸까?

더군다나 저 아름다운 목소리는 분명 천사의 목소리가 분명해.

나는 지금 천사를 보고 있는 건가, 아니면 사람을 보고 있는 건가."

안데르센은 첫눈에 그녀에게 반하고 말았다.

다행히 유명 동화작가였던 안데르센은

자신의 유명세 덕분에 그녀와 금방 친해질 수 있었다.

"안녕하세요, 예니 린드."

"어? 당신은 안데르센이 아니십니까?"

"어떻게 제 이름을······."

"당신같이 아름다운 여인의 이름을 내가 모를 리 있겠소?"

"유명 작가님께서 제 이름을 알고 있다니, 영광인 걸요."

"당신은 참으로 아름답소. 그리고 당신의 노래솜씨도 일품이오."

"그런가요? 그런 소리는 워낙 많이 들어서······. 호호호."

도도하면서도 매력적인 그녀에게 안데르센은 푹 빠져들었다.

대화를 주고받을수록, 만나면 만날수록 안데르센의

그녀에 대한 사랑의 감정은 점점 커져만 갔다.

잠시 후 안데르센이 나지막한 목소리로 그녀에게 물었다.

"예 예 예니 린드, 제가 편지를 보내면 답장을 주실 건가요?"

"물론이죠. 대단한 작가 분께서 제게 편지를 주시는데

제가 거절할 이유가 없죠. 기다릴게요."

"고 고 고맙습니다."
"고맙긴요, 오히려 제가 영광인 걸요."

그날 밤, 안데르센은 편지를 쓰기 시작했다.
무슨 말을 써야할지, 너무나 긴장이 돼 얼굴이 붉어졌다.
"이게 아니야."
이미 방안은 구겨진 편지지로 가득찼다.
편지를 쓰는 게 동화를 쓰는 것보다 훨씬 더 어려웠다.
"왜 이렇게 안써지지. 휴~."
안데르센은 한숨을 내쉬며 다시 펜을 들었다. 그러기를 몇 시간 째.
"그래, 내 마음을 그대로 전하는 거야."
안데르센은 글자 한 자 한 자에 그리움과 사랑을 담아 편지를 썼다.

예니 린드 보시오

당신을 처음보자마자 내 마음은
온통 당신이라는 꽃으로 가득 찼소.
당신은 한 송이 장미와 같소.
화사하면서도 우아하오.
때론 도도한 당신의 말투는 마치 가시와 같지만
그 가시마저 나는 껴안고 싶소.
이건 운명이오. 당신을 내 사람으로 만들고 싶소.
당신을 내 인생의 전부로 만들고 싶소.

당신의 향기가 참으로 그립소.

　　　　………

　　　　………

　　　　………

당신을 사랑하오.

－안데르센

안데르센은 밤새 쓴 편지를 그녀에게 보냈다.

그 후로도 안데르센은 수십 통의 편지를 그녀에게 더 보냈다.

마침내 그녀에게서 답장이 왔다.

안데르센은 그녀의 편지를 읽고 또 읽었다.

그러나 정작 자신이 기대했던 말은 단 한 줄도 없었다.

그저 일상적인 내용뿐이었다.

안데르센은 그녀를 사랑했지만 사실 편지로만 고백했을 뿐

그녀 앞에서 자신 있게 고백 한 번 하지 못했다.

그녀 앞에만 서면 심장이 터질 듯 마구 뛰어 제대로 말도 못 건네고 또한

소심하고 내성적인 성격 탓에 자신이 한없이 작아지는 느낌이 들었다.

더욱이 추한 외모는 안데르센을 더욱 주눅들게 했다.

"그래, 내 동화 속에 그녀의 모습, 그녀의 목소리를 담는거야.

그럼 그녀가 내 마음을 알아주겠지?"

안데르센은 동화 『나이팅게일』과 『인어공주』 속에 그녀를 담았다.

그리고 그 동화를 그녀에게 들려주었다.

그런 노력에도 불구하고 그녀는 안데르센의 마음을 읽지 못했다.

"참 재미있네요."

그녀의 반응은 그게 전부였다.

결국 그녀는 다른 남자와 결혼하고 말았다. 안데르센의 사랑도 끝이 났다.

그러나 그리움은 쉽게 접을 수 없었다.

세월이 흘러 안데르센의 머리카락도 조금씩 하얗게 변해갔다.

안데르센은 평생을 홀로 살며 크리스마스 날이면 어김없이

말끔히 옷을 차려 입고 안절부절못했다.

그리고 창밖을 기웃거렸다. 마치 누군가를 기다리는 듯……

물론 그녀의 모습은 보이지 않았다.

안데르센에게 있어 크리스마스는 참으로 슬픈 날이었던 셈이다.

밤이 깊어가자, 그는 비로소 옷을 벗었다.

그리고 축 처진 어깨를 하고는 서재로 갔다.

따뜻한 차 한 잔으로 얼어버린 자신의 마음을 위로하며 그는

애잔한 눈빛으로 속삭이듯 중얼거렸다.

"참 보고 싶다. 참……"

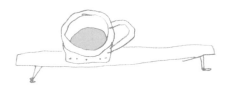

'희망'이라는 마지막 선물

당신은 꿈을 믿습니까?
믿어야 합니다. 꿈은 언제나 갈망하는 자에게만 존재하기 때문입니다.
'난 희망 따윈 믿지 않아!'
그런 생각을 할 때마다 꿈은 점점 당신에게서 멀어져 갑니다.
누구나 꿈 하나쯤은 가슴에 품고 살아가지요.
하지만 그 꿈을 가슴 밖으로 꺼내기란 그리 쉬운 일이 아닙니다.
나이가 들수록 꿈의 부피가 턱없이 작아지기 때문이지요.
꿈은 자꾸자꾸 새롭게 꾸는 것이 아니라
처음에 품었던 꿈을 어느 한 순간에도 놓치지 않는 것입니다.

소중한 사람에게 최선을 다하기

어릴 땐 지나가는 사람들이
모두 날 바라봐줬으면 했어요.
하지만 지금은 오직 한 사람만
날 바라봐줬으면 해요.
그것이 사랑이라고 믿어요.

ㅡ마릴린 먼로

"수술을 한다고 해도 생존 확률은 극히 낮습니다.
만약 수술을 실패한다면 식물인간이 될 수도 있습니다.
그렇다고 수술을 하지 않는다면 고통은 없겠지만 곧 죽을 것입니다."
의사의 말을 듣고 부부는 아무 말도 하지 못했습니다.
젊은 부부는 서로에게 슬픈 표정을 보이지 않으려고
약간의 거리를 두고 집을 향해 걸었습니다.
집으로 돌아온 아내는 거실에 걸린 결혼사진을 보자마자
안방으로 뛰어 들어갔습니다.
그리고는 문을 잠그고 그 동안 참았던 울음을 토해냈습니다.

"왜 하필…… 왜 하필 나야!
나쁜 짓도 하지 않았는데, 도대체 왜 이런 시련이 내게……."
아내는 벽에 기댄 채 울고 또 울었습니다.
남편 또한 눈물을 삼키며 화장실 바닥에 주저앉고 말았습니다.
한참 후에야 안방에서 나온 아내는 굳은 표정으로 남편에게 말했습니다.
"자기야, 나 수술할래."
남편은 아내의 말을 듣는 순간,
마치 깊은 곳까지 얼어붙은 강물처럼 한 호흡도 내뱉을 수 없었습니다.
자신이 숨을 쉬고 있다는 것이 왠지 아내에게 미안했기 때문이었습니다.
아내는 피곤했는지 금방 잠이 들었습니다.
남편은 아내의 얼굴을 쓸어 내리며 숨결 하나하나를
자신의 가슴으로 옮겼습니다.
창밖으로 보이는 가을밤은 참으로 외롭고 쓸쓸했습니다.
길 잃은 퇴색된 잎사귀가 뒹굴 뿐, 사람 하나 보이지 않았습니다.

며칠 후, 아내는 수술을 받기 위해 남편과 함께 집을 나섰습니다.
그런데 대문을 여는 순간, 놀라운 일이 벌어졌습니다.
땅바닥에 하트 모양으로 된 종이가
걸음 한 폭 간격으로 길게 깔려 있었던 것입니다.
아내는 영문도 모른 채 한 걸음 한 걸음 하트를 밟고 걸었습니다.
하트는 아내가 수술을 받기로 한 병원까지 이어져 있었습니다.
하트 길은 남편의 아내를 위한 선물이었습니다.
사랑하는 아내에게 자신의 마음과 용기를 보여주기 위해

밤새도록 종이를 접고 또 접었던 것입니다.

나 당신에게…….

왜 그리 소홀했던지 모르겠습니다.

오히려 가까이 있기에 당신의 사랑이 내 것인 줄 몰랐습니다.

뒷모습을 보고 나서야 당신의 소중함을 비로소 알았습니다.

이제, 다시 사랑이 온다면 꼭 지켜낼 것입니다.

사랑을 다 보여 주지도 못한 채 그렇게 보내진 않을 것입니다.

행복한 추억 만들기

인간의 가치는
얼마만큼 남에게 사랑을 받느냐는 것보다는
얼마만큼 그가 그의 주위 사람들에게
사랑을 베풀고 있느냐에 달려있다.

－무명씨

어린 시절, 누구나 한 번쯤은 그 사람을 기다려 본 추억이 있을 것입니다.
길쭉한 양말 한 짝을 줄에 매달아 놓고
밤이 깊어 가도록 마냥 기다렸던 사람.
하지만 그 기다림은 스르르 몰려온 잠에 허무하게 끝나기 일쑤였지요.
아침이면 감쪽같이 양말에 선물을 가득히 채워주었던 그 사람,
빨간 옷에 하얗고 긴 수염을 가졌던 사나이,
그렇습니다, 산타클로스입니다.
언제나 산타클로스는 어김없이 선물을 줬죠.
마음 속 꿈과 희망과 기쁨을 전해준 그 사람.
산타클로스는 과연 어디에서 온 걸까요?

대부분 사람들은 산타클로스가 추운 지방에서 태어났을 거라 믿습니다.
루돌프 사슴을 타고 펄펄 날리는 눈발을 가르며
긴 장화를 신고 찾아오기 때문입니다.
그러나 산타의 유래는 결코 추운 지방에서 시작된 것이 아닙니다.
오히려, 눈과는 별 상관없는 사막에 가까운 터키의 중앙
아나톨리아라는 지방에서 시작됐습니다.

그곳에는 성 니콜라스라는 할아버지가 살고 있었습니다.
어린이들을 무지 좋아했던 그는 평생 남을 위해 살았습니다.
어느 날,
집안 형편이 어려워 결혼식을 올리지 못했던 이웃집 세 자매가
그의 눈에 들어왔습니다.
니콜라스 할아버지는 세 자매를 몰래 도와주기 위해
별이 그 빛을 잃어버릴 즈음,
그 집 지붕에 기어 올라가 금 주머니를 굴뚝으로 떨어뜨렸습니다.
그런데 금 주머니가 그만
벽난로에 걸어놓은 양말에 우연히 들어가고 말았습니다.
그 후 그 양말 속 금 주머니 이야기가 온 동네에 퍼지기 시작했고,
이웃 동네를 넘어 바다 건너 다른 나라에까지 퍼지게 됐습니다.
훗날, 미국까지 이 이야기가 전해져
미국인들은 산타할아버지를 상품화했던 것입니다.

올해도 수많은 아이들이

산타클로스 할아버지의 선물을 기대하며 양말을 걸어놓을 것입니다.

이제 당신은 산타클로스의 존재를 믿지 않겠지만

혹여, 올 겨울에는 뜻밖의 감사 선물을 받을 지도 모릅니다.

그러니 길쭉한 양말을 매달아보세요.

당신의 아버지는 올해도 지붕 위로 올라가실 테니까요.

인생역전

힘든 장애물에 부딪혀 넘어지고 실패하는 것은
부끄러운 일이 아닙니다.
실패 역시 꿈에 속합니다.

－슈뢰더

"스미스야, 언제까지 매사에 자신 없이 굴거니?"
그의 어머니는 늘 스미스에게 이렇게 잔소리를 해댔습니다.
이런 말을 들을 때마다 스미스는 더욱 주눅이 들어
어깨를 무릎 밑까지 내리곤 했습니다.
그는 자꾸만 의기소침해지는 자신을 극복하기 위해
책을 읽으며 나름대로 상상의 나래를 펴기 시작했습니다.
그리고 그가 앓고 있던 난치병으로 인해
그는 자기 상황에서 할 수 있는 일을 하기로 마음먹었습니다.
'그래, 글을 쓰는 거야.'
스미스는 자신이 가장 자신 있어 하는 독서와 글쓰기를
끊임없이 연습하고 잘 하고자 노력했습니다.

용기를 내어 자신이 쓴 글을

여기저기 신문사나 잡지사에 보내기도 했습니다.

그러나 매번 나쁜 소식만 들려왔습니다.

'그래, 다시 시작하자. 이것이 아니면 난 아무것도 할 수 없어!'

그러던 어느 날이었습니다.

"골드 스미스 씨 안녕하십니까?

당신의 글을 책에 싣고자 이렇게 통보를 드리니,

곧 연락주시기 바랍니다."

이렇게 적힌 어느 잡지사의 전보를 받고 그는

그만 눈물을 흘리고 말았습니다.

그 후 영국의 뛰어난 시인이자 소설가, 극작가로 유명세를 날린 스미스는

주위 사람들의 찬사를 한 몸에 받을 때마다 이렇게 말하곤 했습니다.

"내가 지금 누리고 있는 명성은 실패했을 때마다

주저앉지 않고 꿋꿋이 다시 시작했기 때문에 가능한 것이었소."

아직도 글을 쓰고자 하는 사람이 꽤 많습니다.

하지만 그 사람들은 몇 년째 글을 써야겠다는 말만 되풀이할 뿐

아직도 펜을 들지 않은 경우가 많습니다.

왜 그럴까요?

이유는 많습니다.

시간적 여유가 없다, 아직은 때가 아니다, 내일부터는 꼭 써야지……

그러나 그들이 망설이는 가장 큰 이유는

아직도 그들에게는 절실함이 없기 때문일 겁니다.
절실함, 이것이 아니면 나를 유지시킬 수 없다는 사실,
그런 마음이 희망을 부르는 것입니다.

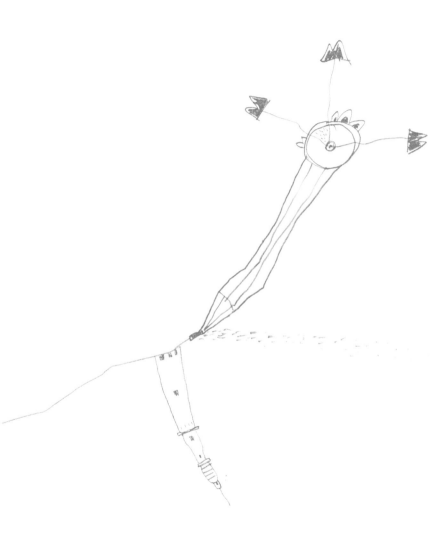

자기 자신을 사랑하기

생각하는 것이 인생의 소금이라면
희망과 꿈은 인생의 사랑이다.
꿈이 없다면 인생은 그저 쓰기만 하다.

－리튼

세계적인 가스펠 싱어 레나 마리아에게 누군가가 물었습니다.
"어떻게 하면 그렇게 밝을 수 있습니까?"
그녀는 아무렇지도 않다는 듯 너무나 쉽게 대답했습니다.
"밝지 않을 이유가 내겐 없으니까요."
스웨덴의 레나 마리아는 두 팔이 없는 가스펠 가수입니다.
그나마 있는 다리도 그 길이가 서로 달라 정상적인 생활이 불가능했습니다. 그러나 그녀는 자신의 장애를 보기 좋게 극복했습니다.
초등학교 때부터
오른쪽 발가락으로 십자수를 놓고, 그림도 그리고, 편지도 썼습니다.
'할 수 있는 능력을 스스로 무시하고 게으르게 하면
그것만큼 큰 장애는 없다.'는 어머니의 말씀 때문이었습니다.

친구들의 놀림에 주눅 들기보다는 언제나 당당했고 주위의 따가운 시선을
오히려 관심으로 생각했습니다.
남이 쉽게 지나칠 수 있는 작은 행복을
두 번 다시는 누릴 수 없는 최고의 선물로 생각하며
매 순간순간 최선을 다했습니다.
자신을 옭아맨 장애가 오히려 더 많은 꿈을 꾸게 했고
오늘 안에 머무는 걱정은 그만 두고
늘 내일을 준비하는 계획으로 살고자 했습니다.
신은 희망을 가슴에 품고 사는 사람에게는 관대합니다.
결국 그녀는 신의 목소리로 노래를 부르게 됐습니다.

그렇습니다. 누구나 세상에서 최고가 될 수 있는 능력은 다 있습니다.
다만, 그 능력을 스스로 장점으로 만드는 사람이 있는가 하면
자신의 장점을 스스로 의심하는 사람이 있을 뿐입니다.
24시간이라는 시간이 주어져 있고,
세상을 볼 수 있는 맑은 눈을 갖고 있으며,
마음만 먹으면 행동으로 옮길 수 있는 육체를 가지고 있다면
이 세상에서 못할 일은 없습니다.
레나 마리아의 말처럼 인생이 우울할 이유는 없습니다.
삶이란 사랑받기를 간절히 원하는 사람에게
더 많은 사랑을 주기 때문입니다.

긍정적으로 세상 바라보기

사랑 앞에 겁내지 말고,
내가 사랑을 주는 사람은
내게도 사랑을 주리라고 믿어 보자.
　　　　－무명씨

소크라테스의 부인인 크산티베는 악처의 대명사로 알려져 있습니다.
사실 그녀는 매우 완고할 뿐만 아니라 성격이 매우 심술궂고 거칠었습니다.
더군다나 그녀는 다른 이에게 남편을 욕하며 돌아다님으로써
당대 최고의 철학자이자 성인이었던 소크라테스를
참으로 곤혹스럽게 만들었습니다.
어느 날, 어떤 사람이 소크라테스에게 물었습니다.
"어째서 그런 부인과 결혼하셨는지요?"
그 질문에 소크라테스는 의외의 대답을 했습니다.
"내가 이런 부인에게 견딜 수 있다면 아마도
세상의 모든 사람들과 친구가 될 수 있는 것이지요."

삶은 해석하기 나름입니다.

자신에게 처한 일이 아무리 힘들고 괴롭더라도

그것을 어떤 시각으로 바라보느냐가 중요합니다.

반걸음만 물러나 생각해보면 그다지 어렵고 힘든 일만은 아닙니다.

하루에 한 번씩 푸른 하늘을 바라보고 세수를 할 때마다

마음에 큰 강물 줄기 하나쯤은 담아둘 줄 아는 낭만,

언제나 느긋하고 여유로운 마음으로 삶에 수긍하고

긍정적으로 바라보는 것,

그것이 바로

소크라테스가

'너 자신을 알라.' 라는 유명한 명언을 남길 수 있었던 이유는 아닐까요?

작은 행복에 감사하기

빈곤은 가진 것이 거의 없다는 뜻이 아니라
많이 가지고 있지 않다는 뜻이다.

굶주린 사람에게는 한 사발의 밥이 생명의 근원이다.

맛이 있고 없고 가릴 바가 아니다.

오직 밥이 입에 들어가는 그것만으로도 생명의 환희를 느낀다.

목마른 자에게는 한 컵의 물이 천상의 감로와 같이 달다.

즉 모래알로 황금을 만들고 자갈로 옥을 만드는 묘미가 있다.

모자란다는 것은 그 자체가 위대한 가치를 낳는다. 이것은 나의 체험이다.

오로지 가난하다는 것은

모든 것에서 가치를 발견하고 창조해 나가는 인연이 된다.

그것이 천국이다.

현실에서 여러 가지 경우를 통해서

생명을 느끼고 기쁨을 누릴 수 있으면 그것이 곧 천국이다.

가난하면 감격하기 쉽다. 그것은 그 마음이 겸허하기 때문이다.

페스탈로치는 가난을 이처럼 고귀하고 겸허하게 표현했습니다.
그렇습니다. 가난하다는 것은 불행한 것이 아닙니다.
그만큼 행복과 가까이 있다는 얘기입니다.
물 한 모금, 밥 한 숟가락에도 만족하고 미소 지을 수 있는 삶,
그 삶이야 말로
행복의 크기와 기꺼이 작은 행복에도 감사를 할 줄 안다는 것입니다.
귓불을 흔들어대는 작은 바람, 공기 한 모금
그리고 느닷없이 쏟아지는 봄비에게도 감사할 줄 아는 마음은
비록 가진 게 없다 해도
분명, 그 삶은
가장 부유한 가치를 가슴에 품고 사는 풍요로운 삶인 것입니다.

실패와 좌절 뛰어넘기

어둠이 깊을수록
별들은 더욱 선명하게 빛난다.
－무명씨

악성 베토벤의 귀에 이상이 온 것은 그의 나이 25세 되던 해였습니다.
그 후 귓병은 더욱 심해져서
30세 무렵에는 청각을 완전히 잃을 정도였습니다.
그러나 그 일이 세상에 알려지기라도 한다면
음악가로서의 그의 생명은 끝이나 마찬가지였다.
그는 한밤중에 몰래 의사를 찾아가기도 하고
남의 시선을 피해 치료를 받기도 했습니다.
그러나 딱히 치료법이 없었습니다.
시간이 지날수록 귀의 생명력은 점점 희미해져 갔습니다.
그 후 베토벤은 크게 절망해 마침내 목숨을 끊기로 하고 유서를 썼습니다.
그것이 유명한 '하이리겐 슈타트의 유서' 입니다.
"…… 누구보다도 완벽해야 할 내 청각을 나날이 잃어 가고 있으니,

살아갈 용기가 나겠는가?”
그러나 베토벤은 자신이 처한 삶 앞에 무릎을 꿇지 않았습니다.
죽음까지 내놓을 수 있다면
이 세상에 못할 일이 없다고 스스로 다시 마음을 다잡았습니다.
그 후 베토벤은 더욱 치열한 창작활동을 했습니다.
그 결과,
제5교향곡 〈운명〉, 제6교향곡 〈전원〉같은
대 걸작이 탄생할 수 있었습니다.

누구나 한 번쯤 살면서 실패와 좌절을 맛보기 마련입니다.
아니, 몇 번의 실패와 좌절을 맛볼 수도 있습니다.
그러나 그건 더 나은 내일로 가는 징검다리임을 잊어서는 안됩니다.
어차피 삶이란
격랑하는 파도에 맞서 싸우는 한 톨의 섬과도 같은 것입니다.
파도에 휩쓸려 떠내려갈 것인가,
아니면 파도에 맞서 보다 더 높이 우뚝 설 것인가는,
당신의 의지에 달려 있습니다.
인간이 이 세상에서 할 수 없는 일은 없습니다.
그렇다고 인간이 할 수 있는 일도 없습니다.
모두 당신의 마음 안에서 있는 것입니다.
딛고 다시 일어나세요.
실패와 좌절이 다시금 당신을 일으켜 세우는 이유가 될 것입니다.

소중한 꿈 키우기

꿈은 장기적이어야 한다.
단기적인 꿈은 일시적인 장애물에 부딪히면
쉽게 포기하고 만다.
그러나 장기적인 꿈은 사소한 문제나 장애물 앞에서도
극복할 수 있는 힘이 있다.

－지그 지글러

까치발을 딛으세요. 그럼 당신은 더 가까워질 수도 있습니다.
그 까치발 딛기가 그렇게도 힘이 드시나요?
그래서 우리는 그 까치발만큼의 거리를 '꿈'이라 말하는지도 모릅니다.
아침에는 사라졌다가도 밤이면 새록새록 돋아나는 아기별처럼
꿈은 언제나 사라짐과 나타남을 반복합니다.

당신은 언제부턴가 "내 안엔 꿈이 사라졌어."라고 쉽게 말합니다.
그렇게 쉽게 내뱉는 당신의 말 한마디에
오늘도 저 아름다운 아기별들이 하나씩 하나씩 사라지고 마는 것입니다.

오직 어둠만으로 뒤덮인 하늘을 상상해보셨나요?

그건 그저, 밤이 아니라 암흑일 뿐입니다.

다시 당신 안에 아기별 하나를 키워보세요.

그리고 다시 까치발을 디뎌보세요.

꿈은 그렇게 성장하는 것입니다.

조금씩 조금씩 당신이 디딘 높이만큼······.

이제 다시 시작입니다. 꿈은 언제나 세월의 성장을 묶어둡니다.

밤하늘에 아기별을 돌보고 키우는 일,

그건 당신이 사람으로 살아가도록 허락한 신의 소망이기도 합니다.

당신은 꿈을 믿습니까?

믿어야 합니다. 꿈은 언제나 갈망하는 자에게만 존재하기 때문입니다.

'난 희망 따윈 믿지 않아!'

그런 생각을 할 때마다 꿈은 점점 당신에게서 멀어져 갑니다.

누구나 꿈 하나쯤은 가슴에 품고 살아가지요.

하지만 그 꿈을 가슴 밖으로 꺼내기란 그리 쉬운 일이 아닙니다.

나이가 들수록 꿈의 부피가 턱없이 작아지기 때문이지요.

꿈은 자꾸자꾸 새롭게 꾸는 것이 아니라

처음에 품었던 꿈을 어느 한 순간에도 놓치지 않는 것입니다.

어릴 적 당신의 꿈은 무엇이었습니까?

혹시, 1학년 때 짝궁이었던 현미랑 결혼하는 것 아니었습니까?

그렇다면, 지금 그 현미가

어디에 사는지, 뭘 하고 있는지, 어떤 모습인지 아십니까?
꿈은 당신의 잠자리에 있는 것이 아니라 가슴에서 살아 있어야 합니다.
당신이 처음으로 꿈을 간직했던 그 때 그 때의 마음으로 돌아가면
꿈은 다시 불꽃처럼 살아날 것입니다.
당신은 꿈을 믿습니까?
이제 어릴 적 당신이
지금의 당신에게 꿈을 다시 되돌려줄 차례입니다.

희망을 믿고 또 믿기

한 가지 뜻을 가지고 그 길을 걸어라.
잘못도 있으리라.
그러나 다시 일어나서 앞으로 가라.

－프라게르

거울 속 모습은 거울 밖에 있는 자신의 모습과는 다릅니다.
거울 속 모습이 꿈이라면 거울 밖에 있는 모습은 현실이기 때문입니다.
현실이 힘겹고 버거울 때 거울을 보십시오.
꿈은 아직도 당신을 보며 웃고 있습니다.
당신이 고개를 숙이면 거울 속 당신은 어깨를 으쓱할 것이며,
당신이 눈물을 흘리면 거울 속 당신은 보조개를 피울 것입니다.

당신과 늘 반대 방향으로 서 있는 거울 속 당신!
희망은 언제나 가까이 존재한다는 사실을 당신이 망각할 때마다,
거울은 늘 심술궂게 당신과 다른 모습으로 서 있을 겁니다.
그러나 당신이 희망을 믿는다면 거울은 그저

얇은 유리 한 장으로도 자신의 존재에 대해서 만족합니다.
그대여, 늘 가슴 속에 거울을 가지고 다니십시오.
희망은 자꾸자꾸 바꾸는 것이 아니라
처음 간직한 꿈을 영원히 거울에 비춰 보는 것입니다.

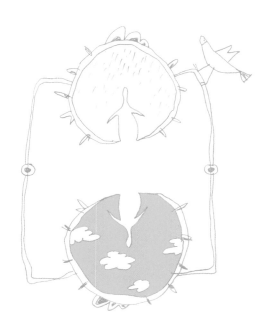

세상 앞에 당당해지기

훌륭한 배우가 걸인도 되고
삼류배우가 대감이 될 수도 있다.
어쨌든 지나치게 인생을 거북하게 생각하지말고
솔직하게 어떤 일이든지 열심히 하라.

– 후쿠자와 유키치

길거리에서 춤을 추는 아이들을 쉽게 볼 수 있습니다.
대학로 마로니에 공원에서 밤이 새도록 춤을 추는 아이들,
인천 월미도에서 사람의 시선에 아랑 곳 하지 않고
땀과 열정을 쏟아 내는 아이들,
그리고 부천역 광장에서 길가는 사람들의 발길을 멈추게 하는 아이들…….
그 아이들은 무슨 이유로 밤낮없이 춤을 추는 걸까요?
그 해답은 간단합니다.
젊음, 젊다는 것입니다.
젊음은 현재를 삽니다.
자기 자신들이 젊다는 사실을 망각하지 않고 뜨겁게 느끼고 발산하는 것,

그것이 젊음을 간직한 이들의 의무이자 혜택인 것입니다.
일상으로부터의 일탈·도전·꿈!
이것은 탈선이기 전에 생에 대한 또 다른 애착뿐입니다.

하지만 어른들은 종종
세월 앞에 자신의 젊음을 먼 옛날의 아련한 추억정도로 치부하고 맙니다.
춤을 추는 아이들을 바라보는 어른들의 시선은 대부분
걱정 섞인 눈빛입니다.
공부는 언제 하려고, 커서 뭐가 되려고…….
춤을 추는 그들, 그 젊은 무리들은 젊음 앞에 부끄러움이 없습니다.
다만,
그렇게 몸 한 번 흔들지 못하고
책가방만 들고 살아왔던 우리들이 부끄러울 뿐입니다.
그다지 당당하지 않았던 지난 시절 앞에…….

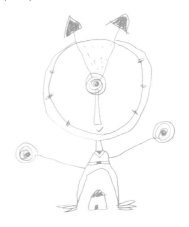

서른 즈음

30세에 접어들었다고 해서
어느 일신상 아무런 변화를 찾아낼 수 없다 하더라도,
무엇인가 불안정해져 간다.
스스로를 젊다고 내세우는 것이 어색하게 느껴지기 때문이다.

ㅡ잉게보르크 바하만

세월도 일상도 나무도 꿈도 그리고 나의 사랑도 이제 모두 다 서른입니다.
올해부터 서른이란 무게를 짊어지게 됐습니다.
서른, 이 얼마나 무거운 숙제인가요?
이제 사소한 감정에 내 마음을 쉽게 빼앗겨서는 안될 것 같습니다.
갑작스레 비가 내린다고 왈칵, 눈물을 흘려서도 안될 일입니다.
말 한 마디를 내뱉어도 다시 한 번 생각을 곱씹어야 합니다.
눈을 크게 뜨고 때와 장소에 상관없이 늘 당당해야 합니다.
감성을 믿기보다 지식과 지혜로 세상에 맞서야 합니다.
한 가정의 가장이 된다는 것을 당연히 받아들여야 합니다.
어렵게만 느껴지던 경제신문도 가끔은 들쳐볼 일입니다.

사랑은 가볍지 않게, 미련은 더욱 간결해야 합니다.
서른, 이만큼 내 삶을 규제하는 나이가 또 어디 있겠습니까.
하늘을 걸어도 발걸음이 무겁고 노래를 불러도 목이 금세 쉬고 마는…….
아, 나는 서른 살! 스무 살과 열 살의 동거이어라.

모두에게 들려 드릴 수는 없지만 함께 귀와 눈으로 음미하시길…….

또 하루 멀어져 간다. 내 뿜는 담배 연기처럼
작기만한 내 기억 속엔 무얼 채워 살고 있는지
점점 더 멀어져 간다. 머물러 있는 청춘인 줄 알았는데
비어가는 내 가슴속엔 더 아무 것도 찾을 수 없네.
계절은 다시 돌아 오지만 떠나간 내 사랑은 어디에
내가 떠나보낸 것도 아닌데 내가 떠나온 것도 아닌데
조금 씩 잊혀져간다. 머물러 있는 사랑인 줄 알았는데
또 하루 멀어져 간다. 매일 이별하며 살고 있구나.
— 김광석의 노래 〈서른 즈음〉 중에서

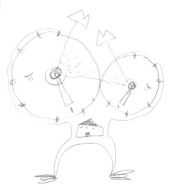

나만의 비밀 만들기

주께서는 한쪽 문을 닫을 때,
다른 창문을 열어 놓으신다.
－양화 〈사운드 오브 뮤직〉

나폴레옹의 아내인 조세핀은
향기는 없지만 참으로 탐스러운 꽃인 '달리아'를 무척 좋아했습니다.
그래서 파리 교외에 있는 대저택에 달리아 화원을 멋지게 만들어
꽃이 피는 계절에는 사람들을 초대해 파티를 즐기곤 했습니다.

그러던 어느 날,
한 시녀가 아름다운 달리아에 마음을 빼앗긴 나머지
조세핀에게 정중히 말씀을 올렸습니다.
"왕후님, 달리아 한 송이만이라도 제게 허락해주시옵소서."
그러나 조세핀의 대답은 냉담하기만 했습니다.
그러나 한 번 타오른 시녀의 소유욕 역시 쉽게 가라앉지 않았습니다.
마침내 시녀는 정원사에게 은밀히 접근해

그렇게 갖고 싶었던 달리아를 손아귀에 넣을 수 있었습니다.

그 후

달리아는 시녀의 정원뿐만 아니라 세상에 널리 퍼지기 시작했습니다.

그 사실을 뒤늦게 안 조세핀은 결국

정원사와 시녀를 내쫓고 말았습니다.

그 일이 있은 후, 조세핀은

그렇게 좋아했던 달리아에도 흥미를 잃고

두 번 다시는 달리아를 가까이 하지 않았습니다.

누구나 혼자만 간직하고픈 비밀이 있습니다.

세상에 널리 알려지지 않아 오히려 자기 자신에게만 소중히 여겨지는…….

내게 있어 정동진 바다가 꼭 그랬습니다.

세상에 널리 알려지기 전에 내 지친 발길은

언제나 아담한 모래사장과 소나무 한 그루 그리고

정겨운 간이역으로 향했습니다.

그러나 이제는 다릅니다.

사람들의 발길이 끊이지 않는 정동진 바닷가!

이젠 더 이상 나만의 바다가 아닙니다.

마치 내 마음의 한 귀퉁이를 도둑맞은 기분입니다.

찾으렵니다, 또 다른 나만의 바다를 찾아 나서렵니다.

아주 깊고 먼 곳으로 나만의 다른 창을 만들어야겠습니다.

사랑의 힘 믿기

이 세상에 하나님을 본 사람은 한 명도 없다.
그러나 만일 우리가 서로 사랑한다면,
하나님은 우리의 가슴 속에 머무를 것이다.

−톨스토이

겨울인데도, 쌓인 눈이 녹고 또 다시 눈이 쌓이기를
수차례 반복한 매서운 겨울인데도,
은행잎 하나가 눈치도 없이 나뭇가지 끝에 아직도 매달려 있습니다.
모든 사람들이 다들,
올 겨울은 정말 겨울답다며 옷깃을 세우며 말을 하건만,
저 은행잎은 그 말에 동의할 수 없다는 듯
옷을 홀러덩 벗은 채로 겨울 하늘에서 버젓이 살아남았습니다.
너무도 놀랍고 신기해서 은행나무 밑에서 얼굴을 치켜들고
은행잎을 올려다봅니다.
왜 저 놈은 여태 추락하지 않는 걸까.

이유가 있었습니다.
분명 우리가 모르는 이유가 있었던 것이었습니다.
은행잎은 봄부터 여태 나뭇가지와 한마음으로 지냈는데
겨울이 왔다고, 시련이 눈앞에 닥쳤다고 해서
그 사랑을 포기해서는 안된다는
그만의 사랑 철학이 있었던 것입니다.

지금 시련 앞에 사랑을 저울질 하는 당신!
사랑을 믿으십시오. 세상에 감당하지 못할 시련은 없습니다.
시련 앞에 무릎을 꿇고 만다면
과연, 이 세상에 살아남을 사랑이 몇이나 되겠습니까?
당신이 지켜야 합니다.
조금 밖에 남지 않은 이 땅의 사랑을 위해서라도.

희망 붙들기

그렇다 당신이 거지라고 해도
머리 위에 푸른 하늘이 있다면
당신은 중요한 모든 것을 가진 것이다.

-R. 서비스

사형수가 왕에게 살려 달라고 탄원을 하며 말했습니다.
"지금 당장 절 죽이지 마시고 일 년의 여유를 주십시오.
일 년의 여유를 주신다면, 제가 임금님께서 참으로 아끼시는 말에게
하늘을 날 수 있도록 가르치겠습니다. 딱 일 년이면 됩니다."
일 년이 지나도 말이 하늘을 날지 못하면
그 때 가서 죽이라는 것이었습니다.
임금은 말이 하늘을 날 수 있다는 말에
그 사형수에게 일 년이라는 시간을 허락했습니다.
그 소식을 들은 동료 죄수는
의아한 표정으로 그 사형수에게 다가와 물었습니다.
"자네, 어떻게 하려고 그런 거짓말을 임금님께 했는가?"

그러자 사형수는 허허 웃으며 말했습니다.
"일 년 안에 무슨 일이 일어날지 아무도 모르는 일이지.
그 동안 말이 죽을지도 모르는 일이고 혹여,
임금이 이 세상을 떠날 수도 있지 않은가?"

우리가 모든 걸 다 버려도 끝끝내 버리지 말아야 할 것이 있다면
그건 바로 '희망'입니다.
비록 절망의 늪에 깊이 빠졌다 하더라도,
인생이란 숱한 가능성이 존재하기에 쉽사리 삶의 고리를 놓아선 안됩니다.
체념을 해서는 안됩니다.
희망은 멀리 있는 것이 아니라
순간순간의 숨결 사이에 존재하기 때문입니다.
어쩌면 산다는 것, 그 자체가 희망인지도 모릅니다.
아무리 힘든 길을 간다고 해도 이미 그 길을 지나간 사람이 있습니다.
설령, 당신이 첫 길을 트는 사람일지라도…….
주저말고 당당하게 걸어가야 합니다.
이미 당신은 그 길을 가고자 하는 자에게 또 다른 희망이기 때문입니다.

내일의 태양 띄우기

희망은 일상적인 시간이 영원과 속삭이는 대화다.
희망은 멀리 있는 게 아니다.
바로 내 곁에 있다.
나의 일상을 점검하자.

— 릴케

젊은 선원 하나가 막 잡아 올린 물고기들을 어깨에 짊어지고
대형 얼음 창고로 들어갔습니다.
덜컹.
그런데 그만 문이 밖에서 잠기고 말았습니다.
당황한 젊은 선원은 황급히 문 입구로 달려갔습니다.
그러나 이미 문은 굳게 닫히고 말았습니다.
"문 좀 열어주세요, 문 좀 열어주세요~."
아무리 소리를 질러도 밖에서는 아무런 반응이 없었습니다.
젊은 선원은 울부짖듯 다시 한 번 소리쳤습니다.
그러나 얼음 창고 안에서만 윙윙거릴 뿐 아무런 소용이 없었습니다.

그의 절규는 점점 작아졌고 온 몸은 점점 차가워졌습니다.
이대로 계속 머문다면 꼼짝없이 얼어 죽게 될 상황이었습니다.
순식간에 몸에서 열기가 빠져 나가고
오직 절망만이 그 빈 공간을 채웠습니다.
'이제 나는 죽는구나.'
젊은 선원은 구석에 쪼그리고 앉아 자신의 신세를 한탄하며
죽음을 맞이했습니다.
결국,
젊은 선원은 얼음 창고에서 얼어 죽고 말았습니다.

며칠 후 그의 시신이 발견됐습니다.
그러나 놀랍게도 얼음 창고의 온도는
목숨을 앗아 갈 정도의 온도가 아니었습니다.
겨우 영하와 영상을 넘나드는 온도였던 것입니다.
그런데 그 젊은 선원은 얼어 죽고 말았습니다.

사람은 셀 수 없는 가능성을 가지고 있습니다.
그 가능성이라는 것은 우연히 외부로부터 찾아오는 경우도 있지만
결국은 자신의 마음 안에서 끄집어내야만 하는 것들입니다.
예를 들어, 누구나 가지고 있는 능력이 천 가지가 넘는다고 생각해봅시다.
그러나 사고로 인해 그 사람이 하반신 장애자가 됐다면
그 사람에게는 할 수 있는 일이 겨우 백여 가지 밖에 되지 않습니다.
잃어버린 구백여 가지를 후회하며 살 수도 있고,

아니면 아직도 남아있는 백 가지의 가능성으로 살아갈 수도 있습니다.

모든 것은 마음먹기에 달린 것이지요.

백 가지의 가능성은 곧 천 가지의 가능성과 다를 바 없습니다.

당신의 마음, 그 무한한 가능성으로의 회귀!

해가 뜨고 해가 지는 것!

그건 당신의 선택에 달렸다는 걸 잊지 말아야 합니다.

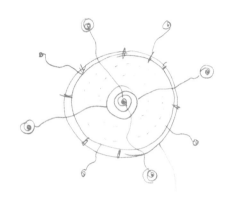

아름다운 미래를 상상하라

갓난아이를 가슴에 안은 여자가 초췌한 얼굴로 자치센터에 들어섰다.
자치센터에서 일하는 직원은 빙그레 웃으며 그녀를 맞이했다.
"뭘 도와드릴까요?"
그때 갑자기 '으앙' 하고 아이가 울음을 터뜨렸다.
당황한 그녀는 아이를 눈을 바라보며 다정하게 말했다.
"우리 아가, 배가 고팠구나.
엄마가 일 마치면 맛있는 분유를 줄게. 아기야, 울지마라."
그러나 아이는 울음을 그치지 않았다.
엄마는 당황했다.
그때, 직원이 막대사탕 하나를 내밀었다.
"어머니, 이걸 아이에게 한 번 물려보세요."
"예, 고맙습니다."
그녀는 막대사탕을 아이에게 물렸다.
그러자 아이가 울음을 멈추고 해맑게 웃었다.
"아이가 배가 고팠나 봐요. 그런데 무슨 일로 오셨죠?"
그녀는 잠시 머뭇거리더니 이내 말을 꺼냈다.
"…… 저 저 저, 정부보조금 좀 신청하려고요."

"아, 그러세요? 몇 가지 좀 물어보겠습니다. 혹시 남편 분은……."

"예…… 남편과는 이혼을 했습니다."

"그럼, 지금 혼자서 아이를 키우시고 계신가요?"

"예, 그리고 제가 현재 직업이 없습니다. 그래서 생활이 무척 힘듭니다."

그녀는 작은 목소리로 대답했다.

"그러시군. 그럼 제가 정부보조금을 신청해드리겠습니다."

"감사합니다."

그녀는 자치센터를 나와 서둘러 집으로 향했다.

"아가야, 조금만 참아라. 엄마가 곧 우유를 줄게."

집에 도착하자마자, 그녀는 분유통을 열었다.

그런데 분유통에는 분유가 거의 없었다.

"어? 벌써 다 떨어졌잖아."

그녀는 지갑을 열어보았다. 지갑에는 동전 몇 개뿐이었다.

분유를 사기에는 턱없이 모자란 액수였다.

이내 그녀의 눈에서 닭똥 같은 눈물이 뚝 뚝 뚝 떨어졌다.

아이에게 줄 분유를 살 돈이 없다는 현실이 너무나 서글펐다.

또한 능력 없는 엄마인 자신이 너무나 한심스러웠고

무엇보다 무능한 엄마를 만난 아이에게 너무나 미안했다.

"우리 아가, 엄마가 너무나 가난하고 못나서 미안해. 정말 미안해."

그녀는 아이를 껴안고 한없이 울었다.

"이렇게 살아서 뭐해. 차라리 죽어버리는 게 나을지도 몰라."

그녀는 자기에게 주어진 삶을 그냥 포기하고 싶었다.

자신의 어깨를 짓누르는 삶의 무게를 그냥 내려놓고 싶었다.

"그래, 죽자 죽어! 이렇게 살아서 뭐해!"

그녀는 자살을 하려고 했지만 그때마다

아이의 초롱초롱한 눈망울이 밟혔다. 그리고 자신의 엄마가 생각났다.

"그래, 이 사랑스러운 아이를 남겨두고 내가 갈 순 없지.

그리고 불치병을 앓았던 엄마도 평생토록 열심히 사셨는데

내가 이렇게 나약한 생각을 하면 안되지.

그래, 반드시 멋진 성공을 하고 말거야."

며칠 후, 그녀는 아이와 함께 마을에 있는 자그마한 카페에 갔다.

그녀는 카페 주인에게 정중히 인사를 하고 양해를 구했다.

"아저씨, 저는 조앤 롤링입니다.

다름 아니라, 저 구석 자리에 앉아서 글 좀 써도 될까요?"

"물론이죠."

"그런데 커피를 자주 시킬 수 없어요. 돈이 없어서요.

한 잔으로 하루 종일 여기 머물러도 될는지요?"

주인은 눈을 깜박이며 잠시 생각하더니 이내 고개를 끄덕였다.

"좋습니다. 한 잔을 마시든 백 잔을 마시든 당신은 내 손님입니다.

그런데 무슨 글을 쓰려고 합니까? 저도 글에 관심이 좀 있답니다."

"아, 그러세요?"

그녀는 쑥스러운 듯 머리를 긁적거리며 말했다.

"아직 구상단계인데요. 판타지 소설을 쓸거예요.

빗자루 타고 날아다니는 마법사도 나오고 귀여운 아이들도 많이 나오는

그런 동화 같은 소설이요."

"아주 재미있겠군요. 기대할게요."

"예, 기대해주세요."

"우리 카페에서 유명한 작가가 나오겠군요. 하하하."

인심 좋은 카페 주인을 만난 덕분에 그녀는

카페에서 종일 글을 쓸 수 있었다.

글을 쓰다가 아이가 칭얼대면 젖병을 물려주기도 하고

때때로 아이랑 놀아주기도 했다.

그녀의 얼굴 표정은 참으로 해맑았다.

지금 그녀가 처한 현실은 무척이나 고단하고 괴로웠지만 그래도 행복했다.

자기가 좋아하는 글을 쓸 수 있고 또한

마음껏 상상을 할 수 있기 때문이었다.

그녀는 마법사가 되기도 하고, 마법학교의 선생님이 되기고 하고,

무시무시한 괴물이 되기도 했다.

상상하며 글을 쓰는 동안, 그녀의 얼굴 표정은 수시로 바뀌었다.

괴물을 만났을 때는 두려운 표정을 지었고,

뜻하지 않은 선물을 받았을 때는 입이 귀에 걸리기도 했다.

상상은 그녀에게 있어 현실의 아픔을 이겨내는 마법의 약과도 같았다.

그녀는 종일 타자기에 타이핑을 해야 했기 때문에

손목도 많이 아프고 눈도 많이 피로했다.

그러나 그 정도의 아픔은 충분히 견딜 수 있었다.

어느 덧 시간이 흘러 계절이 몇 번 바뀌었다.

그녀의 소설도 서서히 완성 단계에 이르렀다.

"그래, 이제 몇 페이지만 더 쓰면 돼."

그리고 마침내 그녀는 소설을 완성할 수 있었다.

"드디어 완성을 하다니! 정말로 놀라워.

그래, 이 원고를 출판 에이전시에 보내는 거야.

책으로 출간을 해서 우리 아기 분유 값을 벌어야 해."

그녀는 두 명의 에이전트에게 원고를 보내려 했다.

그런데 복사할 비용이 없었다.

"어떡하지? 그래 타자기로 타이핑을 하자."

그녀는 방대한 분량을 다시 타이핑 하기 시작했다.

그렇게 해서 두 에이전시에게 원고를 보낼 수 있다.

그러나 결과는 처참했다.

"이건 말도 안되는 허황된 원고입니다. 도저히 출판할 수 없습니다."

"누가 이 책을 읽겠습니까?

너무나 진부한 내용이고 그리 색다른 것도 없습니다."

모든 출판사에서 그녀의 원고에 대해 부정적인 반응을 보였다.

그녀는 절망감이 이만저만이 아니었다.

몇 년 동안에 흘린 땀과 열정이 헛되게 느껴졌기 때문이다.

그러던 어느 날, 블룸스베라는 출판사에서 그녀에게 연락이 왔다.

"조앤 롤링씨, 당신의 원고를 잘 읽었습니다.

너무나 재미있고 즐겁고 놀랍습니다. 하룻밤 사이에 다 읽었습니다.

그리고 다음 편도 기대가 됩니다. 당장 우리랑 계약합시다."

"저 저 정말이세요? 정말로 계약을 하는 겁니까?"

그녀는 몹시 흥분했다.

"당연하지요. 이 책은 보나마나 대박입니다. 이런 원고는 처음입니다."

그렇게 해서 마침내, 그녀가 쓴 소설이 책으로 출간됐다.

그녀가 출간한 책은 바로 『해리포터』 시리즈였다.

책은 출간되자마자

전 세계인의 마음을 흔들어놓으며 최고의 베스트셀러가 됐다.

독자들은 그녀의 상상력에 감탄을 하며 즐거워했다.

그녀의 책은 영화로도 만들어져

전 세계 어린이들에게 꿈과 희망과 상상력을 심어주었다.

그리고 그녀는 2000년에는 영국 여왕으로부터 작위를 받았으며

2001년 3월에는 버킹엄 궁에서 찰스 왕세자로부터

대영제국훈장(OBE)을 수여받기도 했다.

이혼녀에다 정부 보조금으로 어린 딸과 함께 하루하루를 연명했던 그녀가

하루아침에 성공한 백만장자가 된 것이다.

상상력을 마음껏 펼치며 오늘의 고통을 참고 미래에 희망을 건 조앤 롤링.

그녀는 한 언론과의 인터뷰에서 이렇게 말했다.

"나는 실업자에 이혼녀였습니다.

그러나 내가 처한 현실을 비관하지는 않았습니다.

『해리포터』를 쓰는 동안 나는 행복했습니다.

무일푼인 것도, 남편과 이혼을 한 것도 아무런 문제가 되지 않았습니다."

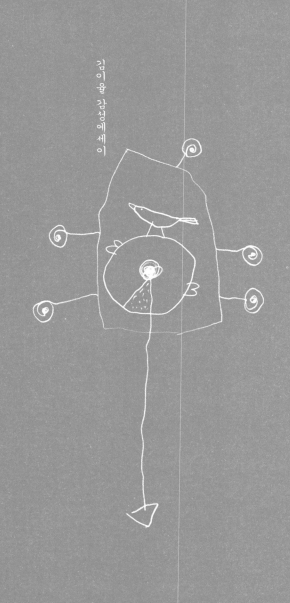

김이율 감성에세이